シルクの闇に咲く花

JN266406

■主要登場人物

アルシア・グレイソン……………警部補。
コルト・ナイトシェイド…………探偵。
エリザベス(リズ)・クック……コルトの友人の娘。
ワイルド・ビル……………………情報屋。
ジェイド、ミーナ、レイシー……街娼。
レオ……………………………………バーテンダー。
スコット………………………………ビデオのカメラマン。
ダナー、クライン……………………役者。
ニーマン………………………………アパートメントの管理人。
デイヴィス……………………………ペントハウスの借り主。
ボイド・フレッチャー………………アルシアの上司。コルトの親友。
シーラ…………………………………ボイドの妻。ラジオ局勤務。
デボラ…………………………………シーラの妹。地方検事補。
ゲイジ…………………………………デボラの夫。実業家。
ナタリー………………………………ボイドの妹。

プロローグ

密告者と会うには気に入らない場所だった。寒い夜、暗い通り。背後の酒場のドアからは、毛穴からしみ出たように汗とウイスキーのすえたにおいがしている。情報を売るという、骨が袋をかぶったような男を観察しながら、コルトは細巻きのシガーをゆっくりと吸いこんだ。しけた野郎だ。背が低く痩《や》せこけて、胸が悪くなりそうなくらい醜い。けばけばしいネオンの気まぐれなまばたきに照らされて、その情報屋はコミカルにすら見えた。

だが、この件については笑えるところなどみじんもない。

「お前の居場所を突き止めるのに苦労したぜ、ビリングズ」

「だろうな……」ビリングズは汚い親指を噛《か》みながら、通りの端から端に目を走らせた。「おかげで達者に生きていられるってわけさ。あんたが俺《おれ》を探してるって話は耳にしてたがよ」コルトをちらと見上げ、すぐに目をそらし、落ち着きなくきょろきょろする。「こっちは用心が何よりだからな。あんたが買いたいもんは、安かないぜ。それに、やばい。俺はいつものおまわりとのほうがいいね。仕事はいつもそのおまわりとやるんだが、今日は一日ずっとつかまりゃしねえ」

「こっちはお前のおまわり抜きのほうがいい。それに、金を払うのはこの俺だ」話をわかりやすくするために、コルトは五十ドル札を二枚、シャツのポケットから取り出した。ビリングズの目が素早く札を貪欲《どんよく》にとらえた。コルトは危険を冒すのはいとわない男だが、実のない情報に無駄金をはたくことはしない。彼は札を男の顔の前から遠ざけた。

「一杯やるとしゃべりやすくなるんだがな」ビリングズはうしろの酒場のドアのほうへ頭をひねった。女の甲高い笑い声が、ガラスの向こうで弾丸のようにはじけた。

「こっちは、いまのしゃべり方でかまわない」こいつは臆病《おくびよう》のかたまりだ、とコルトは見た。ビリングズがそわそわと足を踏み替えるたびに、貧弱な骨と骨がかたかたぶつかるのが聞こえるようだ。ここでしっかりつかまえておかないと、この男は兎《うさぎ》みたいに逃げ出すだろう。さんざん苦労したあげくに、むざむざ取り逃がしたくない。「俺が知りたいことを話してくれ。そうしたら一杯おごろう」

「あんたはこのへんで見ない顔だな」

「ああ」コルトは片方の眉を上げ、続きを待った。「それが問題なのか?」

「いいや。そのほうがいい。やつらはあんたの噂《うわさ》を嗅《か》ぎつけ……」ビリングズは手の甲で口を叩《たた》いた。「あんた、自分の面倒はちゃんとみられそうだな」

「俺はそれで知られた男さ」コルトは最後の一服をゆっくりと吸ってシガーを投げ捨てた。

側溝の中で火が赤い目のように光る。「情報だ、ビリングズ」誠意を見せるために、札を一枚差し出した。「ビジネスといこう」

ビリングズが札をひったくろうとしたそのとき、夜の冷気を裂いて舗道に鋭くタイヤの音が軋《きし》んだ。

ビリングズの目のおびえを読むまでもなかった。とっさの本能がコルトをはじいた。一発目の銃声と同時に、彼は横に飛んで地面に伏せた。

1

　アルシアは、退屈なのはいっこうに気にならなかった。ハードな一日のあとでは、飽きするのもいいものだ。心身ともに充電できる。週六十時間のきつい仕事で、十時間交替の勤務明けだったが、カクテルドレスに身を包み、疲れた足に八センチのハイヒールをはくのもかまわない。ブラウン・ハウスの宴会場のテーブルで、面白くもないスピーチを延々聞かされ、頭に泥が詰まったようになっても文句は言わない。

　彼女がいま気になっているのは純白のリネンのテーブルクロスの下で、デート相手の手が腿を這《は》い上がってくることだった。男というのは、すぐこれだ。

　アルシアはワイングラスを取り上げて身をずらし、デート相手の耳に口を寄せた。「ジャック？」

　彼の指がさらに這い上がる。「ん？」

「その手を二秒以内にどけないと、デザートフォークでぐさっとやるわよ。きっとすごく痛いわよ」アルシアは椅子の背にもたれてワインを一口飲み、片方の眉を上げた相手にほほ笑みかけた。「確実に一カ月はラケットボールができなくなるわ」

ジャック・ホームズビーはもてもての独身男で、泣く子も黙る鬼検事。ここではデンバー法曹協会主催の晩餐会《ばんさん》の賓客だ。女を参らせる術《すべ》をよく心得ている彼は、ここ数カ月、この手ごわい女性にその術を行使すべく接近しようと試みてきた。

「シア……」彼はささやき、唇の端を上げて最高に魅力的な笑みをプレゼントした。「ここはそろそろおいとまして僕のところに行くっていうのはどう？　そして僕たちは……」露骨な描写で、独創的だが解剖学上不可能と思われる提案を彼女に耳打ちする。

そのとき、折よくポケットベルが鳴り、アルシアは返事をするのを免れ、ジャックは手術を受けずにすんだ。同じテーブルを囲んでいる人々があわててポケットやバッグを探る。

アルシアは軽く頭を下げて立ち上がった。「ごめんなさい。私のだわ」

軽くヒップを揺らし、すらりとした脚をしなやかに運んで、アルシアはテーブルから離れた。背中を大きく露出した、銀のビーズがきらめくパープルのドレス。小柄できりりとした姿に、男たちの目が引き寄せられる。アルシアはそれに気づいていたが、気に留めなかった。宴会場を出てロビーの公衆電話に急ぎ、ビーズのイブニングバッグを開ける。中身はコンパクト、口紅、身分証明書、現金少々、それにピストル……。彼女は二十五セントのコインを取り出し、電話をかけた。

「グレイソンです」と告げ、相手の言うことを聞きながら、炎の色の髪を背中に払い、黄褐色の目を細めた。「すぐ行くわ」

電話を切って振り返ると、ジャック・ホームズビーが近づいてくるところだった。客観的に見れば魅力的な男だ。外側はとても洗練されている。内側が平凡すぎるのが惜しい。

「悪いけどジャック、私、行かなくては」

ホームズビーは眉間《みけん》にしわを寄せた。家にはブランデーのボトルとりんごの木の薪《まき》を積んだ暖炉と、白いサテンのシーツが待っているのだ。

「シア、ほかの誰かじゃだめなのか？」

「だめなの」アルシアは常に仕事が第一だった。「来てくれてよかった。中に戻らなくてすんだもの。あなたは残って楽しんでらして」

ジャックはそう簡単にはあきらめなかった。アルシアと一緒にロビーを横切って外に出ると、秋の夜はひんやりとしていた。

「その用がすんだら僕のところに来るという案はどう？　そしてさっきの続きといこう」

「続きなんてないわ」アルシアは駐車場の半券をドアマンに渡した。「あなたがやめるだけ。私はあなたと何かを始めるつもりはまったくないの」

体にジャックの腕が回されると、アルシアはただうんざりしてため息をついた。

「シア、君は今夜、プライムリブ・ステーキを食べて弁護士先生方の退屈なスピーチを聞くために来たんじゃないだろう？」彼は頭を傾け、キスするように唇を寄せてささやいた。

「僕を腕の長さより近くに寄せつけたくなかったら、そんなドレスは着なかったはずだ。君がそれを着たのは僕をホットにさせるためだろう。そして君は成功した」

いらだちを通り越して腹が立った。「私が今夜ここに来たのは、法律家としてのあなたを尊敬しているからよ」アルシアは彼の脇腹《わきばら》に肘鉄を食らわせて体を離した。「ひとときを気分よく過ごせると思ったからだわ。何を着ようと、それは私個人の問題よ。テーブルの下であなたに脚を触ってもらいたかったわけじゃないし、ばかげた夜の過ごし方をささやいてほしかったわけでもないわ」

アルシアは声を張りあげはしなかったが、あえて低めもしなかった。その声には怒りが表れている。ジャックは困惑した顔でネクタイの結び目を引っ張り、あたりに目を走らせた。

「アルシア、もうやめにしよう」

「ええ、私はさっきからそう提案しているでしょ」

ドアマンは目と耳に全神経を集中しながらも、礼儀正しく咳払《せきばら》いした。

「ありがとう」アルシアは振り返ってキーを受け取り、にっこりしてチップをはずんだ。

ドアマンは彼女の笑顔にぼうっとなり、札を見もせずにポケットに突っこんだ。「どうぞお気をつけて……またのお越しをお待ちしています」

アルシアは髪を肩から払い、幌《ほろ》つきマスタングの運転席に優雅にすべりこんだ。「じゃあ、また法廷でね、検事さん」

車はエンジンをうならせ、飛ぶように走り出した。


殺人現場には、それが屋内であれ屋外であれ、町中であれ田園の真ん中であれ、一つ共通しているものがある。それは死が発する気配だ。約十年警官として経験を積んだアルシアは、手順に従っててきぱきと動きながらも、一方でその気配を嗅《か》ぎ取って脳裏に刻みつける習慣を身につけていた。

アルシアが到着したときには、警察の写真班が撮影を終えて機材をしまおうとしていた。死んだ男が誰かはわかっている。だから彼女はここにいるのだ。

警察の車が三台停《と》まっている。ライトが点滅し、無線がつっかかるような音をたてていた。野次馬が、立ち入り禁止の黄色いテープの際に押し寄せている。死は野次馬を引き寄せる。彼らは死を見ることで、自分がまだ生きているのを確認して安心するのだ。

夜気が冷たかったので、アルシアは後部座席に投げてあったショールをつかみ、エメラルドグリーンのシルクで身を包んだ。野次馬を制している新米警官にバッジをちらりと見せてテープをくぐる。

スイーニーの姿が見えたのでほっとした。警官としての職歴はアルシアの二倍、まだまだ制服を脱ぐ気はない古兵《ふるつわもの》だ。

「やあ、警部補」スイーニーはアルシアに向かってうなずき、大きな音をたてて取り出したハンカチではなをかんだ。

「どういうことなの、スイーニー？」

「被害者は酒場の前に立って話していた。そこを車から撃たれた」スイーニーはハンカチをポケットに戻し、〈チックタック〉という店の割れたガラス窓を指さした。「目撃者の話じゃ、車が一台、北のほうから猛スピードで走りながら銃をぶっ放したらしい」

まだ血のにおいがしている。だがそのにおいはもう古くなっていた。「誰かが巻き添えに？」

「いや。割れたガラスで二人怪我《けが》をした。それだけだ。やつらは的をしとめたよ」スイーニーは肩越しに振り返り、地面に目をやった。「こいつは運がなかった。気の毒にな」

「ほんとね。気の毒に」アルシアは汚い道端に転がっている死体を見下ろした。

生まれ落ちたときから運がなかった男。いまは最後の運も尽きたわけだ。貧弱な骨の髄まで酒がしみているにちがいない。おまけにそのご面相は、産みの母でもかわいく思うのは難しかったのではなかろうか。

ワイルド・ビル・ビリングズ——ときにはぽん引き、ときにはいかさま師、そして垂れこみ屋。

彼はアルシアの情報屋だった。

「検察医は？」

「もう帰った」スイーニーは言った。「ほとけさんを運び出そうとしていたところだ」

「じゃあそうして。目撃者は控えた？」

「ああ。だが、ほとんど役に立たないな。黒い車だと言うのもいれば青だってのもいる。ある酔っ払いは、火を吹く悪魔が乗った馬車だったとぬかした」

アルシアは周囲を見回した。酒場から出てきたらしい連中、スリルを求める十代の若者たち、何人かのホームレス……。

一人の男が彼女の直感に引っかかった。ほかの野次馬と違って、その男は怖いもの見たさの貪欲《どんよく》な目はしていない。ごくふつうの顔でそこにいた。前を開けた革ジャンからシャンブレーのシャツと銀のチェーンがのぞいている。手足が長い。脚にぴったりしたジーンズの裾《すそ》は白くすり切れ、その下にはブーツ。風に乱れた髪は濃いブロンドか茶色か見分けがつかない。襟にかかる毛先がカールしている。

彼は細巻きのシガーを吸っていた。薄暗い中でも日焼けしているのがわかる。浅黒い肌がシャープな顔つきに合っていた。目元の彫りは深く、鼻筋が通っている。頑固そうな口元は、冷笑を張りつける癖がありそうだ。

あの男はプロだわ。アルシアがそう思ったとき、彼がふいに彼女のほうを見た。視線がぶつかり、アルシアは打たれたようにどきりとした。

「スイーニー、あのカウボーイは何者?」

「カウボーイ……ああ」スイーニーのしわの多い顔がくしゃっとなった。確かにあの男は、カウボーイハットをかぶって馬に乗っているのが似合う。「目撃者さ。ほとけさんはあの男と話しているときに撃たれたんだ」

「そう?」

「まともな話をしてくれたのはあの男だけだ」スイーニーは手帳を取り出し、親指をなめてページをめくった。「彼が言うには、車は黒の九一年型ビュイックのセダン。コロラドのプレート。ナンバーは見損なった。弾から身をかわすのに忙しかったのと、プレートライトが消えていたからだそうだ。銃は音から察してAK47のようだったと言っている」

「音から察して?」面白いことを言うわね。アルシアはそう思いながら一歩踏み出した。

そのとき、上司のボイド・フレッチャー警部が通りを渡ってくるのが見えた。ボイドはまっすぐその男のところへ行き、頭を振って、笑いながらがばっと肩を抱いた。男同士の抱擁だ。

「彼のことは警部に任せておいていいみたいね」アルシアは好奇心をポケットに忍ばせた。あとの楽しみに取っておこう。「スイーニー、ここを片づけちゃいましょう」

すらりとした片脚がマスタングから現れ出た瞬間から、コルトは彼女を視界の隅に入れていた。見る価値のある女だった。身のこなしがいい。無駄のない優雅な動きだ。むろん容姿も気に入った。均整のとれたセクシーなボディ、男心をくすぐる曲線。おまけに、風にはためくグリーンとパープルのシルク……。雲間からもれる太陽のような髪が吹き乱されて、カメオのようなクールな顔があらわになる。ばあさん連中が宝物にしているブローチには興味がないが、こっちには……。

冷える夜だったが、いい女を見てコルトは熱い空想をめぐらした。

バリケードを守っている童顔の警官は、彼女が身分証明書を見せても驚かなかった。野次馬をかき分ける彼女の魅力的な肩の上に、うるわしい権威が乗っかっていたからだ。検察官のアシスタントだろうとコルトは思ったが、彼女がすぐにスイーニーと話しはじめたので、見当違いだったとわかった。

確かにあのレディは隅から隅まで、おまわりだ。年は二十七、八。身長はつんのめりそうに高いハイヒール分を差し引いて、百六十二、三センチというところだろう。近ごろは警察も、味な服装をさせるようになったらしい。

コルトはそんなことを考えながら待った。ビル・ビリングズの遺体には特に何も感じなかった。もはや役に立たなくなった男だ。だが犯人は必ず見つけてやる。コルト・ナイトシェイドは殺人をほうってはおかない。

女の視線を感じ、コルトはシガーの煙をゆっくり吐き出しながら目を動かした。視線がぶつかる。予想もしなかったことだが、胃が引っくりかえった。健康な欲望を示す衝撃だった。一瞬、グラスのように曇りなく心が拭《ぬぐ》われたようになった。こんなことは初めてだ。彼女が一歩こちらに踏み出した。彼は我知らず詰めていた息を吐き出した。

「コルト！」

不意を突かれて、コルトは身構えながら振り返った。が、すぐにどんな女性の心も溶かしてしまいそうな笑顔になった。

「フレッチ」コルトは大きく腕を広げ、友情をこめて抱擁を返した。ボイドとは十年近く会っていなかったが、ちっとも変わっていないのでほっとする。「相変わらず男前だな」

「そっちは牧場から馬で乗りつけたって感じだな。会えてうれしいよ。こっちにはいつ？」

「二日前だ。訪ねる前に少し用事を片づけておきたかったんだ」

検死班の車が遺体を収容していた。ボイドはそちらを見て言った。「用というのは、あれか？」

「それも一つだ。駆けつけてくれて感謝するよ」

ボイドはアルシアに気づいてうなずいた。「君はどっちを呼んだんだ？　警官か、友達か？」

コルトはシガーを足元に落としてブーツのかかとで踏みつけた。「君はその両方だから都合がいい」

「君が殺《や》ったのか?」

コルトはにやりとした。そうだと答えたとしてもボイドは驚かないだろう。「いや」

「詳しく話してくれ」

「そうしよう」

「車に乗って待っててくれないか?　すぐに行く」


「ボイド・フレッチャー警部か。たいしたものじゃないか」コルトは頭を振ってくすりと笑った。真夜中過ぎだが頭は冴《さ》えている。くつろいでもいた。彼はひどい味のコーヒーを片手に、汚れたブーツをはいた足をボイドのデスクにのせた。

「君はワイオミングで馬や牛を育てていると思っていたが」

「ああ、それもやってる」コルトの声には南西部のアクセントがあった。母音がやや長く響き、かすかに鼻にかかる。「ときどき」

「法律の学位はどうなった?」

「そのへんに転がしてある」

「空軍のほうは?」

「いまでも飛んでるよ。制服とはおさらばしたが……。ピザはいつになったら届くんだ？」

「冷えきって、食えた代物じゃなくなったころにさ」ボイドは椅子の背にもたれた。彼は自分のオフィスにもこの町にもしっくりおさまっている。二十年前には、大学進学のための全寮制の予備校でコルトとしっくりいっていた。「君は撃ったやつを見なかったんだな？」

「おいおい、フレッチ、俺《おれ》は地面にダイビングしてアスファルトを噛《か》んでいたんだ。車種を確認できただけでもラッキーだと思えよ。たいして役には立つまいが――どうせ盗んだ車だろうから」

「グレイソン警部補が調べている。話してくれ。ワイルド・ビルと何をしていたんだ？」

「俺は……」

そのとき、アルシアがノックなしに入ってきたので、コルトは言葉をとぎらせた。彼女は平たい紙の箱を持っていた。

「ピザを注文したのはあなた方ね」彼女は箱をデスクの上に置き、片手を差し出した。

「十ドルよ、フレッチャー」

「アルシア・グレイソン、彼はコルト・ナイトシェイド。コルトとは古くからの友達なんだ」

ボイドは財布から十ドル出した。アルシアはその札をきちんとたたんでしまってから、ビーズのバッグをファイルの山の上にのせた。

「はじめまして、ミスター・ナイトシェイド」

「よろしく、ミズ・グレイソン」

「グレイソン警部補よ」彼女は訂正した。紙箱のふたを開けて中をのぞき、一切れ取る。

「そうらしい」コルトはデスクから足を下ろし、身を乗り出してピザを一切れ取った。冷めかけたソーセージ・ピザのにおいと一緒に、アルシアの香水が漂う。そちらのほうに食欲がうずいた。

「あなた、たしか、あの現場にいらしたわね」

ボイドがナプキンを手渡すと、アルシアは礼を言って受け取った。「あなたは私の情報屋と一緒に撃たれかけたのよ。あそこで何をしていたの？」

コルトは目を細くした。「君の情報屋？」

「ええ」この人は、髪の色も目の色も特定するのが難しい、とアルシアは思った。ブルーとグリーンの間の微妙な色。その彼の目はいま、窓を鳴らしている風と同じくらい冷たかった。

「そういえばビルが言ってたな、一日ずっと警官と連絡を取ろうとしていたって」

「私は捜査に出ていたの」

コルトはエメラルド色のシルクをちらっと見て、眉を上げた。「すごい捜査らしいな」

「警部補は、麻薬取り締まり作戦を指揮していたんだ」ボイドが口をはさんだ。「さて、そろそろ始めようじゃないか」

「ええ」アルシアは食べかけのピザを置いて手を拭《ふ》き、肩からショールをはずした。

彼女が背中を向けたので、コルトは危うく舌なめずりしそうになった。あらわになったシルクに縁取られたスリムな背中に、彼はぞくぞくした。

アルシアはショールをファイルキャビネットの上に投げかけると、ピザをまた手に取り、ボイドのデスクの端に腰を下ろした。

彼女は自分の魅力をよく知っている。その目の中にはからかうような笑いがあった。女というのは自分の武器をまつげの先に至るまで熟知しているものだ。コルトもそのくらいは知っていたが、こんなにたくさんの武器をそなえているとは手ごわい女だ。

「ミスター・ナイトシェイド」アルシアが口を開いた。「ワイルド・ビルと何をしていたの？」

「話をしていた」要領を得ない返事だったが、いまコルトは、セクシーな警部補と旧友の間に何かあるのかどうか、そちらが気になっていた。

そうだ、フレッチはもう結婚していたっけ。怪しい気配はみじんもない。コルトは、なんだかほっとすると同時に意外に思った。

「どんな話を？」

「殺られた男は、シアの情報屋だったんだ」ボイドが言った。「もし彼女がこの事件を担当――」

「もちろん、するわよ」

「じゃ、これは彼女の事件だ」

コルトはもう一切れピザを取った。警察に助けを求めるのは流儀に反するが仕方がない。

「ビリングズの居場所を突き止めて話をさせるところまでこぎつけるのに、二日かかった。やつはびくついていて、警察と連絡がつくまでしゃべりたくないと言った。で、俺は報酬をちらつかせた」

コルトはアルシアをちらと見た。わずかだが疲労が顔ににじんでいた。まぶたが重たげで、目の下がうっすら黒ずんでいる。さっきまでのレディは消えうせていた。

「情報屋を亡くしたのは気の毒だ。だが、あの場にいたのが君でも同じことだったろう」

「それはわからないわ」彼女は感情を抑えた声で言った。批判的ではなかった。「あなたがそんな苦労をしてまでビルと接触しようとしたのは、なぜ？」

「ビルは女に仕事を斡旋《あっせん》してうわまえをはねていた。ジェイドという女だ――偽名だろうが」

アルシアはうなずいた。「ええ。ベビーフェイスの小柄なブロンドね。客引きで二度手入れに引っかかってるわ。でも、この四、五週間、街に出ていないと思うけど」

「そのはずだ」コルトは立ち上がり、コーヒーメイカーから泥のような液体をもう一杯注いだ。「ビリングズが彼女にある仕事をやったのが、それくらい前だったと思われる。映画の仕事だ。といっても、ハリウッドの話じゃない。スリルを買う金のあるマニアがこっそり楽しむ、俗悪なアダルトビデオだ」彼は肩をすくめ、また腰を下ろした。「人の好みをあれこれ言うつもりはないが、俺は本物のセックスのほうがいいな」

「あなたの好みの話をしているんじゃないわ、ミスター・ナイトシェイド」

「ミスターなしで頼むよ、警部補。熱い話をしているのにひんやりする」コルトは笑みを浮かべてうしろに寄りかかった。「それでだ、ジェイドに何かが起こり、姿が消えたんだ。売春婦が純情だなどとは夢にも思わないが、彼女には少なくとも良心のかけらはあった。フランク・クック夫妻に手紙を出したからね」そう言ってボイドに目を移した。「フランクとマーリーン・クックだ」

「マーリーン？」ボイドの眉がぴくりと跳ね上がった。「マーリーンとフランク？」

「そう」コルトは苦笑した。「彼らも古い友達なんだ、警部補。遠い昔、俺はミセス・クックといわゆる親密な友達だった。健全なる判断力の持ち主である彼女は、フランクと結婚してアルバカーキに落ち着き、かわいい子が二人いる」

アルシアは衣《きぬ》ずれの音をさせて脚を組んだ。コルトが首にかけている銀のペンダントは、聖クリストファーのメダルだとわかった。旅人の守護聖人だ。ミスター・ナイトシェイドは、そんなお守りが必要だと思っているのかしら。

「ただの思い出話ではないようね」

「ああ、君の仕事の正面玄関にまっすぐ通じる話さ、警部補。俺はときどき、ちょっと遠回りをするのが好きなんだ」コルトはシガーを取り出し、長い指の間で少し転がしてから、おもむろにライターを手に取った。「一カ月ほど前に、マーリーンの上の娘が――エリザベスという子だが――ボイド、君はリズに会ったことがあるかい？」

ボイドは頭を振った。彼はこの話の行き先を知りたくなかった。知るのが怖い。「おむつをしているころなら……。いまはいくつだ？　十二歳？」

「十三」コルトはライターをかちりと鳴らしてシガーに火をつけた。だが、その煙も喉に広がる苦みを紛らしてはくれなかった。「絵のようにきれいな子だ。母親似で、すぐかっとなる気性もマーリーンにそっくりだ。家でちょっといざこざがあってね。どこの家でも起きるようなことだと思うが、リズは腹を立てて家を飛び出した」

「家出？」アルシアは、家出する気持ならよくわかった。わかりすぎるくらいに。

「身の回りのものをバックパックに放《ほう》りこんで家を出たんだ。言うまでもないが、マーリーンとフランクはそれ以来、地獄の日々だ。警察に連絡したが、通り一遍の調査しかしてくれない」コルトは煙を吐き出した。「非難しているわけじゃない。十日前、彼らは俺に電話してきた」

「なぜ？」アルシアはきいた。

「さっき言ったろう。友達なんだ」

「あなたはいつも友達のためにぽん引きを追いかけて、撃たれそうになったりしてるの？」

彼女は皮肉の言い方を心得ている。結構、とコルトは思った。もう一つ武器を持っていたわけだ。「人の役に立てれば、と思っているのさ」

「あなたは免許を持った探偵？」

コルトは口をすぼめ、シガーの先をじっと見た。「免許なんてどうでもいい。調べているうちに、ちょっとした幸運でリズが北に向かったのを知った。そこへジェイドの手紙が届いたんだ」歯の間にシガーをくわえ、彼は革ジャンの内ポケットから四つにたたんだ花模様の便箋《びんせん》を取り出した。「これを読んでもらうほうが手っ取り早い」

コルトはそれをボイドに渡した。アルシアはデスクから下りてボイドのうしろに回り、彼の肩に手を置いて一緒に読んでいる。親密なしぐさだが、不思議と男女の関係がにおわない。この光景が語るのは信頼と友情だ。そうコルトは思った。

便箋と同様に筆跡も少女っぽい。だが、中身は花やリボンや無邪気な空想とは無縁な内容だった。

クック夫妻へ
　私はデンバーでリズに会いました。彼女はいい子です。家出したことをすごく後悔していて、家に帰りたがってる。彼女を助けてあげたい。でも私は町を出なくちゃ。リズは大変なことになってるんです。警察に知らせたいけれど、怖いし、警察は私みたいな者の言うことを聞いてくれないに決まってる。リズは元気ですが、とらえられています。彼女は若くてきれいなので、やつらは映画で金もうけをしようとたくらんでいるんです。私は五年間そういうことをやってきたけど、ぞっとするようなことをカメラの前でやらされます。やつらは使っていた女の子の一人を殺したらしいです。だから私は殺される前に逃げます。リズは私におたくの住所を教えて、手紙を書いてほしいと言いました。ごめんなさいと伝えてほしいそうです。彼女はとてもおびえてます。助けてあげて。

ジェイド

　追伸　やつらは山の中の隠れ家で映画を作っています。そして、セカンド・アベニューにアパートがあります。

ボイドは手紙をコルトに返さず、デスクの上に置いた。彼にも娘が一人いる。六つになるやんちゃでかわいいアリスンを思い出しながら、ボイドは胸をむかつかせ、熱い怒りをのみ下した。

「君は僕のところに来ればよかった。いや、来るべきだった」

「俺はいつも一人で仕事をする」コルトはもう一服吸ってからシガーをもみ消した。「いずれにしろ、少し調べたあとで君のところへ行くつもりでいた。俺はジェイドの男《ヒモ》を突き止めたんだ。やつを揺さぶってやりたかった」

「でも彼は死んだわ」アルシアはぽつりと言い、背中を向けて窓の外をじっと見た。

コルトはその横顔をながめた。彼女は怒っている。いや、それよりもっと複雑な感情だ。

「俺がビリングズを探し出して情報を売らせようとしているという噂《うわさ》が、連中の耳に入ったんだろう。人間の命をなんとも思わない腐ったやつらめ」

「これは警察の事件だ、コルト」ボイドが静かに言った。

「異論はない」コルトは両手を広げた。「だが、私的な事件でもある。俺は調べを続けるつもりだ、フレッチ。それを阻む法律はない。クック家の代理として肩書きが必要だというなら、弁護士として」

「そうなの?」アルシアが振り返った。「あなたは弁護士?」

「そのほうが都合がいいときにはね。警察の捜査を邪魔する気はない」コルトはボイドのほうを向いた。「俺はリズを取り戻したいんだ。無事にマーリーンとフランクに返してやりたい。こっちの情報は全部明かす。その代わりに一人警官を貸してほしい」彼は自分の言葉を笑うように、唇の端をちょっと上げた。「警察と仕事をするのは大嫌いだが、いま大事なのはリズのことだ。リズが第一だ」そう言って身を乗り出す。「言うまでもないが、俺は手を引かないぜ。腕利きを一人貸してくれないか。汚いやつらを、とっつかまえてやる」

ボイドは疲れた目に指を押し当てた。手を引けとコルトに命じることはできるが、口が疲れるだけ無駄だ。協力も情報の提供も断ることはできる。だが、コルトは嗅ぎ回るだろう。彼は軍隊時代にその種の仕事のやり方を身につけている。

ボイド・フレッチャーが規則を曲げるのはこれが最初ではなかった。彼は心を決め、アルシアのほうに手を振った。「彼女が僕の一番の部下だ」

2

コルトが尊敬する警官はほんの一握りだった。そのリストのてっぺんにいるのがボイドだ。グレイソン警部補に関して言えば、目の保養にはなるが、捜査のパートナーとしてたいした助けにはなるまい。

バッジとあのボディと皮肉の組み合わせが、取り調べのときに役に立つぐらいか。

何はともあれ、コルトはよく眠った。たっぷり六時間。ホテルを引き払って何日でもうちに泊まってくれ、というボイドの招待を素直に受けた。家庭が――必然的によその家庭ということになるが――好きだったし、ボイドの妻にも会ってみたかった。

彼の結婚式に出られなかったのが残念だ。セレモニーは好きではないが、行きたかった。だがベイルートからデンバーは遠く、そのころはテロリストの相手に忙しかったのだ。

コルトはボイドの妻シーラが気に入った。彼女は夫が午前二時に見知らぬ男を家に連れてきても動じなかった。タオル地のローブ姿でコルトを客用寝室に案内し、朝寝坊したかったら枕《まくら》をかぶってね、と言い添えた。子供たちは学校に行くので七時には起きるそうだ。

コルトは岩のように眠った。子供たちの大きな声とばたばた走る足音で目が覚めたが、シーラの忠告に従い、枕の下に頭を突っこんでもう一時間眠りをむさぼることにした。そして、家政婦が用意してくれたおいしい朝食と最高のコーヒー三杯で元気をつけ、コルトは活動を開始した。

ボイドの協力を取りつけたので、まず署に行く。アルシアと顔を合わせ、ビリングズのことをじっくり聞き出してから、独自の捜査に入るつもりだった。

旧友はしっかり手綱を締めているらしい。電話がじゃんじゃん鳴り、キーボードの音が響き、大声が飛びかっているのはどこの署でも同じだ。コーヒーと業務用の強力洗剤と汗のにおいも。だが、ここには、だらけた空気はみじんもない。

受付の警官は、コルトが名乗るとビジターバッジを渡し、アルシアのオフィスを教えてくれた。大部屋を通り過ぎ、狭い廊下を進んで三つ目のドアが彼女のオフィスだ。ドアは閉まっていた。コルトは一度ノックして開けたが、アルシアがそこにいるのは見る前にわかっていた。狼《おおかみ》が仲間を、あるいは獲物を嗅《か》ぎつけるように。

大胆なシルクはまとっていなかったが、それでも彼女は警官にしてはシックで魅力的だ。スモーキーグレーのメンズ仕立てのスラックスとジャケットでも、少しも男っぽくない。彼女は女であることを否定しようとはしていない、とコルトは思った。スーツに合わせているのは淡いピンクのブラウスで、星形のジュエリーのラペルピンをつけている。豊かな髪は額からかき上げられ、複雑な編み方でやわらかく顔を縁取っていた。耳元にはゴールドのイヤリングが光っている。口やかましいご婦人連中を満足させるくらいきちんとしているが、男をあっさりノックアウトできるほどセクシーだ。

「やあ、グレイソン」

「おはよう、ナイトシェイド」彼女は手で椅子を示した。「座って」

コルトは背もたれのまっすぐな木の椅子を逆向きにしてまたがった。部屋の広さはボイドのオフィスの半分もないが、恐ろしく整頓《せいとん》が行き届いていた。ファイルの引き出しは全部きちんと閉まり、書類は角をそろえて重ねられ、鉛筆の芯《しん》は一本残らず武器のように尖《とが》っている。デスクのうしろに置かれた観葉植物にも丁寧に水やりしてあるのが見て取れた。家族の写真も友達の写真も飾られていない。窓のない小さな部屋の唯一の彩は、一枚の油絵だった。鮮やかな青と緑と赤の抽象画だ。叩《たた》きつけられたような色と色は、調和しているというより、ぶつかり闘っているようだった。

この絵は彼女そのものだな。コルトは直感した。

彼は椅子の背に腕をのせて、身を乗り出した。「狙撃《そげき》者の車の割り出しをしているところかな?」

「その必要はなかったわ。今朝一番で報告があったの」彼女はコピーを取り上げて差し出した。「昨夜十一時に盗まれたそうよ。レストランでディナーを終えて外に出ると車がなくなっていたんですって。所有者はドクター・ウィルマー夫妻。お二人とも歯科医で、結婚五周年を祝っていたらしいの。彼らは無実《シロ》のようね」

「だろうな」コルトは報告書をデスクの上に投げた。車から犯人の身元が割れるとは、はなから考えていなかった。「手がかりなしか？」

「まだわからない。ジェイドの前科記録をもらっておいたわ。興味があるなら」報告書をしまうべき場所にしまってから、アルシアはファイルを取り上げた。「ジャニス・ウィロービィ。年齢二十二歳。売春で逮捕歴二度。何回か少年拘置所送りにもなっているわ。一度はバッグに麻薬注射器を二本入れていて補導され、福祉サービス、社会復帰施設、カウンセリングを経て、二十一歳でまた街の女に」

めずらしい話ではない。「家族は？彼女は家に戻るかもしれない」

「カンザスシティに母親がいるわ。少なくとも一年半前にはいたわ。その線を当たっているところよ」

「朝から精が出るな」

「誰もが一日のスタートを……」彼女は腕時計に目をやった。「十時に切るわけじゃないわ」

「俺《おれ》は夜型なんだよ、警部補」コルトはシガーを取り出した。

アルシアは頭を振った。「ここは禁煙なの」

コルトはいったんくわえたシガーを快くポケットに戻した。「ビリングズが信用していた人間は？　君以外にってことだが」

「彼は、誰かを信用していたかしら……」そう言いながら、アルシアの胸をつらい思いがよぎった。ワイルド・ビルは私を信用していた。なのに私はどこかでつまずき、そして彼は死んだ。「私たちは協定を結んでいたの。彼が情報をくれる、私が報酬を払う」

「どんな情報を？」

「いろいろよ。ワイルド・ビルはたくさんのパイに指を突っこんでいたから。ほとんどが小さなパイだったけど」アルシアは書類の束を取り上げ、デスクの上でとんとんと角をそろえた。「どこから見てもぱっとしない男だったけど、地獄耳だった。ひっそり目立たないように動く術《すべ》を心得ていたわ。みんな、彼がそこにいるのを忘れてしまうのよ。で、いろんなことをしゃべる。ちょっと足りなさそうに見えたし。でも、賢かった」

アルシアの声が変わった。コルトはふと察した。彼女は悲しんでいるのだ、と。

「彼なりに上手に立ち回っていたわ。ぶた箱にぶちこまれたくないから、ある一線は踏みはずさないように、危ない領分には足を突っこまないようにしていた——ゆうべまでは」

「俺はビリングズをこそこそ探しはしなかったし、ほしい情報についても隠さなかった。だが、彼の命を粗末にしたわけじゃない。本当だ」

「あなたを責めてやしないわ」

「そうかな？」

「ええ。もし連絡がついていたら、私があの場所で彼と会っていたはずよ。そして同じ結果になったでしょう。あなたの流儀は好きじゃないとしても、責めを負わせる気はないわ」

アルシアが身動きもせず、じっと静かに座っていることにコルトは気づいた。肩もすくめず、指でデスクをこつこつ叩きもせずに。しかし彼女は、背後の壁の油絵同様、動かなくても激しい感情を放っていた。

「俺の流儀？」

「あなたは、はずれ者よ。ルールに従ってプレーしようとしない。むしろルールを破って喜ぶ人間だわ」アルシアはまっすぐな視線を彼に向けた。

湖の水のように冷ややかだ、とコルトは思った。

「物事を最後までやり通さず、いつでも中途半端。飽きっぽいのか、それとも、エネルギーが途中で切れてしまうのかしら。いずれにせよ、当てにならないわ」

そんなふうに評されてコルトは面白くなかったが、口を開いたときには、南西部訛《なまり》のある声が少し笑いを帯びていた。「そういうことを全部一晩で暴いたのか？」

「調べたのよ。あなたがボイドと同じ寄宿学校にいたなんて驚いたわ」アルシアの唇の端がちょっと上がったが、視線は相変わらずひんやりしていた。「お坊っちゃんタイプには見えないから」

「お坊っちゃんたちに交われば行儀よくなると思ったのさ、おやじとおふくろは」コルトはにやりとした。「あいにくだった」

「ハーバードでもだめだったわけね。あなたはあそこで法律の学位を修めたんでしょ。あまり役立てていないようだけれど。軍でのキャリアの一部は機密になっていたわ。でも、あれこれを総合して、あなたという人の像をつかんだの」アルシアは身を乗り出して、デスクの上の砂糖衣のかかったアーモンドの皿から慎重に一粒選んだ。「知らない人間と仕事はできないもの」

「それはこっちにも言える。アルシア・グレイソンについての情報をもらえないかな？」

「私は警官です」彼女は簡潔に言った。「でも、あなたは違う。ところで、エリザベス・クックの最近の写真を持っているんでしょう？」

「ああ、一枚」コルトは答えたが、写真を取り出そうとはしなかった。この魅力的な女性からおまわり風を吹かされる筋合いはない。「ききたいんだが、警部補。誰か君のお尻を――」

　そのとき電話が鳴ったので、彼は言葉を切った。アルシアの目の色から察するに、邪魔が入って彼女にとっては幸いだったらしい。だが少なくとも、どうしたら彼女の目の中の霜を溶かせるかはわかった。

「グレイソンです」アルシアは受話器に向かって言い、ちょっと耳を傾けてからメモ用紙に何か書きつけた。「検察医に知らせて。私はすぐそっちに向かうわ」立ち上がり、メモをバッグに入れる。「車が見つかったわ。ボイドがあなたにも来てほしいそうだから、一緒に行きましょう。ただし、立会人としてね。了解？」

「ああ、了解」

コルトはアルシアに従って外に出た。彼女のうしろ姿は、ミシシッピのこちら側では最高のながめだ。

「ゆうべはボイドと話す暇があまりなかったが、ちょっと不思議な気がした――君が上司とずいぶんなれなれしいのがね」

駐車場への階段を下りていたアルシアはぴたりと足を止めて振り返り、鋭い視線を彼に向けた。

「なんだい？」

「あなたが私とボイドを侮辱しようとしているのか、それとも、質問の言葉の選び方がまずかっただけなのか、判断しようとしてるのよ。もし前者だったら、一発お見舞いしなくちゃならないわね」

「後者のほうにしてくれないかな」

「じゃ、そういうことにしましょう。私と彼は七年間ずっとパートナーだったの」階段を下りきると、アルシアはすぐ右に曲がった。スエードのハーフブーツのヒールの音が、かつかつとコンクリートに響く。「日々信頼して命を預ける相手とは、気兼ねない仲に越したことはないわ」

「で、やがてボイドは昇進した」

「ええ」アルシアはキーを出して車のドアを開けた。「悪いけど、助手席のシートが前寄りの位置で引っかかっているの。直しに行く暇がなくて」

コルトはしゃれたスポーツカーをながめ、やれやれと思った。かっこいい車だが、シートがその位置だと、アコーディオンのように体を縮めて膝に顎をのせるはめになりそうだ。

「ボイドが上司になっても、彼との関係はぎくしゃくしてないのか？」

アルシアは優雅に運転席にすべりこみ、コルトがぼやきながら窮屈そうに隣に体を押しこむのを見てにやりとした。

「してないわ。私には野心がないのかと言われれば、そりゃあるわよ。一緒に仕事をした中で最高の警官を上司に持つことに反発がないかと言われれば、ないわね。五年以内に私が警部に昇進する見こみは……？　さあ、わからない」彼女はドライバー用のミラーサングラスをかけた。「シートベルトを締めて、ナイトシェイド」

車は駐車場のスロープを猛スピードで上がって通りに出た。コルトはアルシアの運転の腕前に感心するしかなかった。ほかに選択の余地はない。ハンドルを握っているのは彼女で、自分は命を預けているのだから。

気兼ねない仲か……それならいい。「というと、君とボイドは友達ってことだな」

「そうよ。どうして？」

「ちょっと確認しておきたかっただけさ。ある年齢層のいい男の全員が、君にのぼせているわけじゃないことをね。すると、俺は特別ってことになる」

アルシアはほほ笑み、ちらとコルトを見た。親しみをこめて、と言えなくもない。むろんほんのちょっとの親しみだ。彼のハートを波打たせたりするつもりは毛頭ない。「私、これ見よがしな人間は信用しないのよ。でも、いま私たちは同じ事件《ヤマ》を追っているし、ボイドという共通の友達がいる。だからなんとかうまくやれたらと思ってるわ」

「いい意見だ。我々には共通の仕事あり、共通の友がいる。たぶんほかにも共通点が見つかるんじゃないかな」コルトはラジオのボリュームを上げ、スローなブルースにうなずいた。「さっそくもう一つ。メキシコ料理は好きかい？」

「自分で作る辛いチリとマルガリータは好きよ」

「大きな一歩だ」体を動かそうとしてコルトはダッシュボードに膝を打ちつけ、毒づいた。「この先一緒に車に乗るときには、俺の四輪駆動にしよう」

「それについてはよく話し合いましょう」警察無線が入ったのでアルシアはラジオの音を

絞った。

「シェリダンとジュエル付近のすべての警察車に、511発生」

通信係が応援を呼び続ける。アルシアは罵《のの》り声をあげた。

「一ブロック先で発砲事件があったわ」左折して、ちらと念を押すようにコルトを見る。

「これは警察の仕事よ。わかってるわね？」

「わかってる」

「こちらユニット6。現場に到着」アルシアは通信機に向かって言うと、ブレーキを軋《きし》ませて白と黒の警察車のうしろに停車し、勢いよくドアを開けた。「あなたはここにいるのよ」

アルシアはコルトに厳しく命じ、ピストルを握って四階建てアパートの入口に走った。戸口で足を止め、ちょっと息を整える。

ドアを押し開けると、銃声がした。一階上のようだ。あるいはその上かもしれない。壁にぴたりと背中を張りつけ、人気のない狭い通路を素早く見回し、階段を上りはじめた。

悲鳴――違う。泣き声だ。子供の泣き声。アルシアは銃をしっかりと構え、二階の廊下を進んだ。

左手のドアが開いた。体を低くしてドアに突進すると、老女のおびえた顔が現れた。

「警察です。外に出ないで」

ドアが閉まって鍵《かぎ》をかける音がした。アルシアはもう一つの階段を上がりかけた。そして見た。階段の途中で警官が倒れていて、その上にもう一人が身をかがめている。

「何があったの？」アルシアは無事なほうの警官の肩に手を置いて冷静にきいた。

「男がジムを撃った。やつは、子供と一緒に走り出てくるなりぶっ放したんです」

見ればその警官の顔は、倒れて血を流している相棒と同じようにまっ青だった。「あなたの名前は？」

「ハリスン。ダン・ハリスンです」彼は相棒の左の肩をハンカチで押さえていた。ハンカチは血でぐっしょり濡《ぬ》れている。

「私はグレイソン警部補。手短に状況を説明して」

「はい」ハリスンは短く二度息をついた。「家庭内暴力による発砲です。2Dの部屋で白人男性が女性に暴行。男は我々に向かって発砲し、小さな女の子を盾にして上の階に上がりました」

彼がそう言い終えたとき、上の部屋から女がよろけながら出てきた。脇腹《わきばら》を押さえている。指の間から血が流れていた。

「あいつ、あたしの娘を連れてったわ。チャーリーが、あたしのかわいいベイビーを」彼女はどさりと膝をつき泣き崩れた。「あいつは気が狂ってるのよ。ああ、神様……」

「ハリスン巡査」

アルシアは足音に素早く身構え、次いで罵った。コルトだ。彼が車でおとなしくしているはずがないとわかっておくべきだった。

「男の武器は？」アルシアは、コルトにかまわず警官に尋ねた。

「四十五口径のようでした」

「人質事件だと言って応援を呼びなさい。それがすんだら、戻ってきて私をバックアップして」そう言ってから、アルシアはちらとコルトを見た。「役に立ちたいと思うなら、この二人を頼むわ」

アルシアは階段を駆け上がった。また泣き声が聞こえた。狭い廊下に響き渡る、火のついたような幼子の泣き声。最上階でドアを叩きつける音がした。男が屋上に出たのだ。アルシアはドアの横に張りついてノブを回し、蹴《け》って開けると同時に身を低くして飛び出した。男が発砲し、銃弾は彼女の右三十センチと離れていないところに当たった。

アルシアはまっすぐ男と向き合った。「警察よ！　武器を捨てなさい！」

男は屋上の縁に立っていた。フットボールのラインバッカーのような大男だ。逆上した顔は真っ赤で、目がぎらついている。薬物中毒者だ。アルシアはそんなことにはびくともしなかった。相手は四十五口径を持っているが、それにもうまく対処する自信がある。問題は子供だ。男は二歳くらいの女の子の片足をつかんで屋上のへりの外にぶら下げていた。この状況をうまくおさめられるだろうか。

「このがきをおっぽり出すんだ！　俺は本気だ！　本気だぞ！　石を投げるように落としてやる！」男はわめき、泣き叫ぶ子供をぶらぶら揺すった。小さなピンクの靴の片方が脱げて落下した。

「犯罪者になりたいの、チャーリー？」アルシアは男の胸に向かって九ミリ口径のピストルをぴたりと構え、徐々にドアから離れて、目立たないように横に動いた。「その子をへりのこっちに戻しなさい」

「このちびのあまを放《ほう》り出してやる」男は目を血走らせ、歯をむき出してにたりとした。

「こいつは母親とそっくりだよ。始終ひいひい泣きやがって。こいつらは俺から逃げられると思ったのさ。どっこいそうはさせねえ、ちゃんと見つけ出してやった。リンダのやつ、今度こそ心底悔やんでるだろうぜ。うんと悔やみゃいいんだ」

「ええ、彼女は悔やんでるわ」なんとしても子供を取り戻さなくては。必ず方法があるはずだ。古い、忌まわしい記憶が脳裏をかすめる。叫び声、脅し、恐怖。アルシアはその記憶を、ごきぶりか何かのように踏みつぶした。「その子にもしものことがあったらあなたも終わりよ、チャーリー」

「うるせえ！」

　男は怒鳴り、洗濯袋の中身を振り出すように幼女を揺すった。アルシアの心臓が一瞬止まり、同時に泣き叫ぶ声もやんだ。

女の子は声も出なくなったのか、小さくしゃくり上げながら、両腕をだらんとして吊《つ》るされている。大きく見開かれた青い目は光を失ってうつろだった。

「あの女も、俺に終わりだなんて抜かしやがった。〝もう終わりよ、チャーリー〟」男はきいきいした裏声で口まねした。「だからちょっとぶん殴ってやったんだ。あいつは殴られてちょうどいいんだ。仕事をしろだのなんだのと小言ばっかり言いやがって。がきが生まれたとたん何もかも変わっちまった。あんなくだらねえ女に、もう用はねえ。このちびにもな。俺のほうから終わりにしてやるぜ！」

サイレンの音が近づいてくる。アルシアは背後に気配を感じたが、うしろを見なかった。ちらっと見てもいけない。男の注意をこちらに、自分だけに引きつけておくのだ。「子供をこっちにくれたら逃がしてあげるわ。逃げたいんでしょう。どうなの、チャーリー？　その子を私にちょうだい。あなたはいらないんでしょう？」

「俺をばかだと思ってるのか？」男の唇がめくれ上がった。「おめえもくだらねえ女の一人ってわけだ」

「ばかだなんて思わないわ」アルシアは目の隅で何かの動きをとらえた。できることなら毒づきたかった。男の死角へ影のように忍び寄っていくのはハリスンじゃない、コルトだ。

「あなたが子供をわざと落とすようなばかなまねをする人間だとは思わないわ」じわりじわりと男に接近する。あと二メートル弱の距離だが、二百メートルにも感じられた。

それは瞬時に起こった。電光石火の早業だった。コルトが飛び出し、片腕を伸ばして子供を奪い取る。アルシアは彼の手の中で金属が光るのを見た。三十二口径だ。子供を救うという優先順位がなければ、彼はためらわずチャーリーという男を撃っただろう。コルトは子供をうしろに回してかくまうと同時に銃を構えた。

アルシアは男の四十五口径がコルトのほうにさっと動くのを見た。とっさに彼女は撃った。男がのけぞり、膝が屋上の低い縁に当たった。石を投げるように落ちたのは、男のほうだった。

アルシアは安堵《あんど》の息もつかなかった。銃をホルスターにおさめながらコルトに駆け寄る。女の子は泣いていた。「子供は大丈夫?」

「そう思うが」いかにも慣れた身のこなしで彼は女の子を小脇に抱き、こめかみにキスをした。「もう大丈夫だ、ベイビー。もう誰も君を怖い目にあわせないからね」

「ママ」女の子はぽろぽろ涙をこぼしながらコルトの肩に顔を埋《うず》めた。「ママ」

「心配しなくていいよ。いまママのところに連れてってあげよう」コルトは片手に銃を持ちながら、もう一方の手で女の子の薄い金髪をなでた。「お見事だった、警部補」

アルシアは肩越しに振り返った。警官たちが階段を駆け上がってくるのが聞こえる。

「もっとうまくやれたのに」

「男にいつまでもしゃべらせ、子供が撃たれてからやっつけたと言うのか? それよりこのほうがずっといい」アルシアの目の中に宿るものがあった。これは前にも見たことがある。コルトが〝戦士の目〟と名づけているものだ。

アルシアは少しの間コルトと目を合わせていた。それからぽつりと言った。「子供を階《し》下《た》に連れていきましょう」

「そうしよう」

二人はドアに向かって歩き出した。

「そうだわ、もう一つ言うことが――」

コルトはちょっと微笑した。やっと彼女が礼を言うぞ。「なんだ?」

「その銃の許可証は持っているんでしょうね?」

コルトは足を止め、目を丸くした。微笑がはじけて大きくなり、彼は腹の底から声をあげて笑った。それにつられて女の子は、鼻をすすり上げながら小さくにっこりした。

アルシアは、男を撃って死に至らしめたことを考えないよう自分に言い聞かせた。前にも人を撃ったことがあるし、これが最後でもないだろう。警官という仕事のその側面を突き詰めすぎると、冷血になるか、アルコールに逃げるか、無神経になるしかなくなる。あるいは、もっと悪くすると、それを楽しむようになるかもしれない。

アルシアは報告書をボイドのオフィスに持っていき、デスクの上に置いた。ボイドはそれをちらっと見てからアルシアの顔に目を戻した。

「例の警官――バークリーは、まだ手術室だ。女性の怪我《けが》はたいしたことはなかった」

「よかった。女の子は?」

「コロラド・スプリングスに伯母がいた。社会福祉事務所が連絡を取ったよ。犯人はあの子の実の父親で、暴行と麻薬で捕まった過去がある。一年ほど前、妻は子供を連れて女性シェルターに逃げこみ、離婚の申し立てをした。そして三カ月前にこの町に来て、人生をやり直そうとしていたんだ」

「ところが、男が彼女を見つけ出した」

「そう、見つけ出した」

「でも、二度とその心配はいらないわ」

アルシアはドアに向かった。ボイドは席を立ってデスクを回った。

「シア」ボイドはドアを閉めて大部屋の雑音を締め出した。「大丈夫か?」

「内部調査組織《IAD》が文句をつけてるの?」

「内部調査のことなど言ってない。なんなら一日二日休んでいいぞ」

「そんなことをしても無駄よ」アルシアは肩を持ち上げ、落とした。ボイドにならほかの人には絶対に言えないことも言える。「私はあの子を助けられたかどうかわからないわ。あれはコルトの手柄よ。彼は本当はあの場にいてはいけなかったのに」

「だが、彼はいた」ボイドは彼女の肩にやさしく手を置いた。「それはスーパーコップの強迫観念ってやつだよ。よくわかる。銃弾から身をかわし、報告書をファイルし、暗い街角で声を張り上げ、警察のダンスパーティのためのチケットを売り、悪人を駆逐し、木のてっぺんに登って下りられなくなった猫を救出する……。彼女はそれを全部やってのける」

「黙りなさい、フレッチャー」そう言いながらアルシアはほほ笑んだ。

「今夜、夕食に来ないか?」

「なんのごちそう?」

ボイドは肩をすくめ、にやりとした。「さあてね。今夜は家政婦の外出日なんだ」

「じゃ、シーラが料理を作るの?」アルシアはおおげさに悲しげな顔をした。「私たち、友達だと思ってたけど」

「タコスを注文しよう」

「それならいいわ」

自分のオフィスに戻るとコルトがいた。ブーツの足をデスクにのせ、電話の受話器を耳に当てている。アルシアはぶらぶら歩いていき、デスクの端に腰を下ろして彼の電話が終わるのを待った。

「書類は片づいたのかい?」

「ナイトシェイド、改めて言う必要はないと思うけど、このデスクも電話も椅子も署の所有物で、一般の使用は禁じられているのよ」

彼はにんまりした。「そうかい。よかったらもっと続けてくれ。正論をぶっている君は、食べたくなるほどすてきだ」

「くらっとくるお世辞だこと」アルシアはデスクからコルトの足を払い落とした。「例の盗難車は押収して鑑識が調べているところよ。だから、あわてて見に行く必要はないわね」

「ほかに考えは？」

「あの〈チックタック〉という酒場から聞きこみを始めるわ。ワイルド・ビルがたまり場にしていたところを二、三、回ってみるつもり」

「一緒に行く」

「言わなくてもわかってるわよ」

アルシアが駐車場に行こうとするとコルトが腕をつかんだ。「言ったろう。今度は俺の車だ」

通りへ出ると、あちこちへこんだ黒い四輪駆動車のワイパーには駐車違反切符がはさまっていた。コルトはそれをポケットに突っこんだ。

「これをなんとかしてくれと頼んでも、無理だろうな」

「ええ」アルシアは車に乗りこんだ。

「いいさ。フレッチがうまくやってくれる」

アルシアはコルトを横目で見て、ちらと微笑してからまた窓の外に目をやった。「子供を救ったのはお手柄だったわ」認めるのはちょっとしゃくだが、事実だから仕方がない。「あなたがいなかったら、あの子は助からなかったと思うわ」

「我々が助けたのさ。チームワークと呼んでいいんじゃないかな」

アルシアは腹立たしげにシートベルトを締めた。「そう言ってくれる人もいるかもしれないけど」

「堅く考えるなよ」コルトは軽く口笛を吹きながら車をスタートさせた。「ところで、邪魔が入る前にどこまで話したんだったかな？　そう……君が自分について話していたんだ」

「違うと思うけど」

「オーケー。じゃあ、俺が君について話そう。君は組織が好きだ。組織を頼みにしている。つまり優秀な警官だってことだ。常に法と規則を重んずる」

アルシアは鼻を鳴らした。「いっそ精神病医になったらどう？　法や規則が大好きな警官がどこにいると思うの」

「邪魔しないでくれ。いま俺は冴《さ》えてるんだ。君は……二十七か八だな」

「三十二よ。冴えもそこまでね」

「いや、これからさ」コルトは彼女の手を見た。指輪はない。「君は結婚していない」

「またもすばらしい推論ね」

「君は皮肉屋の傾向がある。それにシルクの服と高価な香水に目がない。まったくすてきな香水だ、シア。男心をくすぐるよ」

「あなたはコピーライターになるべきかもよ」

「君の性別は明らかだ。大文字ではっきり書いてある。女性には女を誇示するタイプと、女を隠そうとするタイプがいる。君の場合はどっちでもない。たぶん人生のどこかで、男がどう思おうと〝我関せず〟でいこうと決めたんじゃないかな。賢明だ」

答えることがないのか、返事がない。彼女は答えないことにしたのかもしれない。

「君は時間もエネルギーも無駄にしない。いざ必要というときのために取っておく。頭に入っているのは警官の脳みそだ。状況を素早く把握して行動する。それに銃さばきもクールだが、同様にクールに男を扱えると俺は見る」

「興味深い分析だわ、ナイトシェイド」

「さっき、君はひるまずに男の動きを封じた」コルトは〈チックタック〉の前で車を止め、エンジンを切った。「組んで仕事をしなきゃならないんだから、危ない状況が予想されても俺の彼女はびくつかない、とわかってよかったよ」

「あらそう、それはどうも。あなたに見くびられているんじゃないかという心配だけはなくなったわけね」アルシアは腹立ち紛れに車のドアをばんと閉めた。

コルトが追いつき、彼女の肩に腕を回した。「おかんむりだな。君の頭も熱くなると知ってほっとした」

アルシアは彼のみぞおちに肘鉄を食らわした。「安心するのは早いわよ。私はおじけづいて逃げるかもしれない。ほんとよ」

それから二時間ほど、二人はバーや玉突き場や汚い食堂を回り、〈クランシー〉という狭くてむさ苦しい酒場に来てやっと一歩前進した。

店は暗かった。早々と飲んでいる輩《やから》は、太陽がまだ高いところにあるのを忘れたいのだろう。カウンターのうしろのラジオからは、カントリーミュージックの引っかくような音が流れている。すでに数人の客が止まり木やテーブルで一杯やっていた。おおかたが連れなしで、黙々と飲んでいた。酒は水っぽくグラスは不潔だが、安く飲めるし、へべれけになるまで酔える。

アルシアはカウンターでクラブソーダを注文したが、口をつける気は最初からなかった。コルトが生ビールを頼むのを聞いて眉を上げた。「最近、破傷風の予防注射をした?」彼女は二十ドル札を出し、飲み物が出されるまで札の端に指を置いていた。「ワイルド・ビルはよくここに来てたわよね」

バーテンダーは札とアルシアを見比べた。

「ワイルド・ビル・ビリングズよ」

「それが何か?」

「彼とは友達だったの」

「じゃあ、あんたはお友達を亡くしたわけだ」

「二度、一緒にここへ来たことがあるわ」アルシアは札をちょっと引っこめた。「覚えてるでしょ?」

「俺の記憶力は選《え》り好みが激しいんだが、おまわりさんの顔は忘れないよ」

「そう。それならビルと私が協定を結んでいたことも知ってたでしょうね」

「やつはたぶん、そのせいで殺《や》られたんだ」

「それは思い違いよ。撃たれたときビルは私といたんじゃないわ。私、センチメンタルなたちなの。誰がビルを殺ったか知りたいのよ」アルシアは札を前に押しやった。「話してくれたら、もっとはずむわ」

「俺は何も知らない」

が、二十ドルはバーテンダーのポケットに消えた。

「でも、何かを知ってる誰かのことは知ってるんじゃない?」アルシアは身を乗り出し、微笑を浮かべた。「ちょっともらしてくれたら感謝するわ」

バーテンダーは肩をすくめ、行きかけた。アルシアはその腕に手を置いた。

「二十ドルは、もう二、三分の価値があると思うけど。ビルには女がいたわね、ジェイドっていう。ほかにもいたんでしょう?」

「二人さ。あいつはたいした男《ヒモ》じゃなかった」

「もう一人の名前は?」

バーテンダーはぼろ布で汚いカウンターを拭《ふ》きはじめた。「ミーナっていう黒い髪の女だ。ときどきここでも客を引っかけてた。最近は見ないな」

「見かけたら電話して」アルシアは名刺を出してカウンターに置いた。「映画のことを何か知らない? 若い娘を使うプライベートな映画なんだけど」

バーテンダーはぽかんとした顔で肩をすくめたが、アルシアは一瞬光った男の目を見逃さなかった。

「俺には映画を見る暇なんてないよ。それに、二十ドルじゃそこまでだ」

「ありがとう」アルシアはぶらぶらと酒場を出た。「あの男にちょっと時間をやりましょう」コルトにささやき、汚れた窓から中をうかがった。「見て。あわてて電話をしようとしてるわ。怪しいわね」

コルトがのぞくと、バーテンダーは壁に取りつけた電話機のところへ急いで二十五セント玉を入れていた。

「君の流儀が気に入ったよ、警部補」

「寒い車内で長時間過ごしたあとではなんて言うかしら。今夜は張りこみよ、ナイトシェイド」

「そいつは楽しみだ」

3

寒いというのは本当だったが、コルトは寒さはそれほどこたえなかった。しかし、何もしないでじっとしているのはつらい。いまいましいことに、アルシアはその時間をうまく活用している。

彼女は助手席にゆったりおさまり、グローブボックスの弱い明かりの中でクロスワードパズルを解いていた。几帳面《きちょうめん》に根気よく、延々と。一方コルトは、ラジオから流れるB・B・キングの懐かしい歌で退屈を紛らしていた。

二人ともフレッチャー家での夜をふいにしたわけだ。熱々の料理と暖炉の火と温かいブランデー。仕事の場以外なら氷のようなアルシアも少しはやわらかくなるだろうか、とコルトは思った。溶けていく氷の女神――ばかげているが、それを空想するのは時間つぶしにちょうどよかった。

現実のアルシアは警官そのもので、手を伸ばせばそうにも月より遠い。だが、ラジオから流れるスローなブルースが醸し出す空想の中の彼女は、女そのものだった。コルトは黒いシルクを着た官能的な彼女を想像した——ぱちぱちと低く燃える暖炉の火、二人はやわらかな白い毛皮の上に身を横たえる。彼女の唇は蜂蜜《はちみつ》を入れたウイスキーのような味がする。甘くて刺激的だ。香水と彼女のにおいが一つに混じり合って五感に絡みつき、阿片《あへん》に溺《おぼ》れるようにうっとりする。シルクは少しずつじらすようにすべり落ち、大理石のような白い肌が現れる。薔薇《ばら》の花びらのようにやわらかく、ガラスのようになめらかで、水のごとくきりりと締まっていながらやさしい肌。彼女は腕を差し伸べて俺《おれ》を引き寄せ、耳に唇を寄せて甘い言葉をささやく……。

「もう一杯コーヒーをどう？」

「えっ？」コルトはあわてて振り向き、暗い車内の向こうにいるアルシアを見た。魔法瓶が差し出されている。「なんだって？」

「コーヒーは？」アルシアはコルトのカップを取ってコーヒーを注《つ》いだ。彼の目は怒りがこもっているように見えたけれど、ああいう目はよく知っている。欲望の目だ。「あなたの心はあらぬところをさまよっていたんじゃない？」

「ああ」コルトはカップを受け取ってがぶりと飲んだ。こんなときに……我ながらおかしくて、唇の端が上がった。「すごいトリップだった」

「いまはこの見学ツアーに専念しましょう」アルシアはコーヒーを一口飲み、キャンディの袋を彼に差し出して勧めた。「あら、もう一人来たわ」

彼女はカップを置いて素早くカメラを構え、酒場に入っていく男に向かって二度シャッターを切った。この数時間で、その男がようやく二人目だった。

「まったくさびれた店だな」

「たいていの人は、もうちょっと雰囲気のあるところで飲みたがるわ」

「観葉植物と気のきいたBGMのある店かい？」

「まず清潔なグラスよ」アルシアはカメラを置いた。「ポルノ映画の関係者がここに現れるかどうか怪しい気がしてきたわ」

「それならどうして我々は、夜の十一時に寒い中に座ってしけた酒場をながめてるんだ？」

「それが私の仕事だからよ」アルシアはキャンディを一粒選んで口に入れた。「それに、ほかにも待ってるものがあるの」

「なんだか教えてくれないか」

「いやよ」アルシアはクロスワードパズルに戻った。

「じゃあ、こいつを破るぞ」コルトは彼女の手から紙をひったくった。「君はゲームをしたいのか？　だったらそのやり方を教えてくれ。のけ者にされるといらいらする。退屈していると特にな。そういうときの俺は根性が悪くなる」

「あらまあ」穏やかな口調とは裏腹に、アルシアの目が燃え上がった。「恐ろしさで声も出ないわ」

「怖がらせてほしいのか？」

コルトの動きは素早かった。よけられないと見てアルシアは逆らわなかった。彼が肩をつかんだ。

「それならうんと怖い目にあわせて、ちょっとお互いの気を引き立てようか」

「手をどけなさい。そんな粋《いき》がったまねをやめたら教えてあげる。私が待っていたものが、いま酒場に入っていこうとしているわ」

「何が？」

コルトはうしろを見た。その隙《すき》をつき、アルシアは彼の親指を容赦なくねじり上げた。すると彼が罵《ののし》り声をあげたので手を放してやった。

「ミーナよ。ワイルド・ビルのもう一人の女」アルシアはカメラを取って写真を一枚撮った。「今朝、ファイルにあった彼女の写真を手に入れたわ。前科があった。売春、詐欺、その他の軽犯罪」

「すてきな娘だな、我々のミーナは」

「あなたのミーナよ。あなたはワルを演じるのが上手だから、彼女をちょっとその気にさせてここへ連れてきてくれない？」アルシアはバッグから真新しい十ドル札が五枚入った封筒を取り出した。「その魅力でだめだったら、彼女に五十ドルあげて」

「遊び相手を探してると思わせるんだな」

「そういうこと」

「了解」仕事柄、しけた酒場で女を釣るぐらいどうということはない。が、コルトは封筒を突き返した。「金は持ってる」

アルシアは彼が通りを渡って酒場の中に姿を消すまで見守っていた。それからシートにもたれて目を閉じ、ふうっと長い吐息をもらした。危ない、危ない。コルト・ナイトシェイドはとても危険な男だ。彼に肩をつかまれたときに感じたのは、ただの怒りではなかった。そんな単純なものじゃない。自分でも戸惑うような妙な気持に襲われた。

一瞬怖くなり、次いで怒りがこみ上げたのは正常な反応だ。けれどあのとき、体を貫いた焦げそうに熱い刺激。私らしくない。理性をかき集めながらアルシアは胸の中でつぶやいた。彼に間違ったボタンを――あるいは正しいボタンかもしれないけれど――押されたからといって、コントロールを失いそうになるなんて、私らしくない。

どのボタンにしろ、押すのは私。それがアルシア・グレイソンのルールなのだ。それを破れるとコルトが考えているなら、おおいに失望するだろう。

アルシアは、自分はこうあるべきだという自己像を懸命に打ち立てて人生の進路を定め、それを守って生きてきた。そうすることで惨めな生い立ちに打ち勝った。むろん方向をいくらか変えざるをえないこともあった。彼女は石頭ではない。けれど、いかなるときにも、自分に課したルールは揺るがない。

子供が見知らぬ人間の手に落ちたとき、ほとんどの場合が虐待を受ける。この事件も同じだ。アルシアの胸に怒りがこみ上げた。何が起こっているか、わかりすぎるほどわかる。今朝のあの女の子もそう。親たちの諍《いさかい》のはざまで、なす術《すべ》もなく……。

アルシアは記憶を振り払い、しわになった新聞をきちんとたたんで脇《わき》に置いた。疲れているだけよ、と自分に言い聞かせる。命を危険にさらしての麻薬一掃作戦、そして今朝のあの事件だもの、誰だって参るわ。私に必要なのは休暇だ。熱い白砂のビーチ、青い海、うしろにはそびえ立つぴかぴかのホテル。大きなベッドにルームサービス、泥のパックにジャクジーバス……。

この事件が片づいたら休暇を取ろう。そしてコルト・ナイトシェイドは彼の本来の仕事に戻る――牛の飼育か法律業か知らないけれど。

アルシアは酒場に目をやった。まだ十分とたたないのに、コルトがミーナを連れて出てきた。

「あら、三人でなの?」ミーナはアイシャドーに濃く縁取られた目でアルシアを見、カールの渦巻く黒い髪をうしろに払ってにやりとした。「だとすると、いくらか余分にもらうわよ、お兄さん」

「いいとも」コルトは後部座席に乗りこむミーナに愛想よく手を貸した。

「あんたなら、女二人が相手でも大丈夫そうね」ミーナは香水のにおいをぷんぷんさせながら、だらりとシートにもたれかかった。

「その用じゃないの」アルシアがバッジを出してちらっと見せる。

ミーナは悪態をつき、憎らしげにコルトをにらんだ。「あんたたちおまわりには、街の女をいじめるよりましな仕事はないの？」

「あなたを引っ張ろうというんじゃないわ。いくつかの質問に答えてくれればいいの。ちょっとそのあたりを走ってくれない、コルト」彼が車を出したので、アルシアは後部座席のほうに体を向けた。「私はワイルド・ビルと友達だったの」

「へえ」ミーナは怪しむように目を細くした。「ああ、それじゃ……ビルが垂れこんでたおまわりって、あんた？　なかなか粋なおまわりだって言ってたけど」だったら、一晩ぶた箱で過ごすはめにはならないかもしれない、とミーナはちょっと警戒をゆるめた。「彼、あんたは話がわかる人だって言ってたわ」

欲深そうな女の微笑を見てアルシアは眉を上げた。「それはどうも。たぶん彼はこうも言ってたんじゃない？　役に立つ話をすると、私がいくらか払うって。あなた、ジェイドを知ってるわね？」

「ええ。最近見ないけど、ビルの話じゃ町からずらかったらしいわ」ミーナは赤いビニールのバッグからたばこを取り出した。コルトがライターを鳴らして火を差し出すと、彼女はその手を包みこみながら、黒いマスカラが重たげなまつげの下から流し目を送った。

「ありがとう、お兄さん」

「この女の子はどうだ?」コルトはポケットからエリザベスの写真を出し、車内灯をつけてからミーナに渡した。

「知らないわ」ミーナは写真を返しかけたが、眉を寄せ、小首をかしげながらたばこの煙をふうっと吐き出した。「通りで見かけたことはないけど、でもどっかで見たような気がする」

「ビルと一緒だった?」

「まさか。彼は子供には手を出さなかったわ」

「じゃあ、そういうことをするやつは?」

ミーナはコルトに目をやった。「ジョージー・クールは若い女の子を二、三人置いてるわ。でもこんな子供じゃないわね」

「あなた、ビルから仕事をもらったことある? ポルノ映画の仕事だけど」

「あったかも」

「答えはイエスかノーで答えて」アルシアはエリザベスの写真を取り上げた。「あなたは私の時間を無駄にしてるわ。私は無駄なお金は使わない主義よ」

「じゃあ言うけど、あたしはやってるところを誰かに撮られたって平気さ。その分、余計に、お金をもらえるしね」

「その誰かって誰？　名前は？」

ミーナは鼻を鳴らした。「あたしたちは名刺の交換なんてしないのよ、おまわりさん」

「でも、言えることはあるわね。何人ぐらいがかかわっていたとか、場所はどこだったかとか」

「たぶん」ミーナは煙を吐き出しながら、ずるそうな目をした。「ご褒美でも、もらえるなら」

「ビッグ・ジェインという名の、体重百キロのスウェーデン人と一緒にぶちこまれないのがご褒美よ」

「あんたはあたしをぶちこめやしないわよ。罠《わな》をかけた、ってわめいてやるわ」

「好きなだけわめけばいいわ。あなたの記録を見たら裁判官は笑うだけよ」

「おいおい」コルトがとがめるような口調で言った。「お嬢さんに時間をやろうじゃないか。彼女は我々に協力しようとしているんだ。そうだろう、ミーナ？」

「ええ、そう」ミーナは吸い差しをもみ消した。

「彼女ははぐらかそうとしてるわ」コルトが〝良いおまわりと悪いおまわり〟のやり方でいこうとしているのに、アルシアは気づいた。よく使う手だ。「私は答えがほしいのよ」

「彼女は答えをくれるよ」コルトはバックミラーの中のミーナに笑みを送った。「ゆっくりでいい」

「三人いたわ」ミーナは赤い唇を突き出して、ぶすっとして言った。「カメラを回す男と、もう一人は隅に座ってた。その男はあたしからは見えなかったわ。それに、あたしと一緒に、演技っていうか——やってた男。カメラの男は、禿《はげ》だった。黒人で、レスラーみたいなでかいやつ。一時間ぐらいの間、そいつは一度も口をきかなかったわ」

アルシアは手帳を開いた。「彼らは名前を呼び合ったりしなかったの?」

「ええ」ミーナはちょっと考えて頭を振った。「変よね。思い出す限り一言もしゃべらなかったわ。あたしとやってたのは小さい男だった。肝心な部分は別として」彼女は笑って、もう一本たばこを出した。「そうだわ、その男はしゃべってた。いやらしいことを。写されるのが好きみたいだった。そういう男がいるのよね。年は四十代ってとこだったかな……痩《や》せてて、髪をうしろで一つに結わえてた。肩につくくらいの長さだった。ローン・レンジャーみたいなマスクをつけてたっけ」

「警察の絵描《えか》きと一仕事をしてもらうことになるわね」

「お断りよ。警察はもうたくさん」

「署に来る必要はないわ」アルシアは奥の手を使った。「詳しく話してくれて、あなたの情報がポルノ映画を作ってる輩《やから》をつかまえるのに役立ったら、あと百ドル出すけど」

ミーナは顔を輝かせた。「いいわよ」

アルシアは鉛筆でこつこつ手帳を叩《たた》いた。「で、どこで撮ったの？」

「映画のこと？　セカンド・アベニューよ。すごくいかした場所だった。バスルームにジャクジーがあって、壁は全部鏡で」身を乗り出し、指先でコルトの肩をなでる。「わくわくしちゃうようなとこよ」

「住所は？」アルシアはきいた。

「知らない。通りに面した大きなコンドミニアムみたいな建物だったわね。その一番上の階。ペントハウスっていうのかな」

「その前を通ったらきっと君にはわかるんじゃないかな。どうだい、ミーナ？」コルトは気さくに言い、振り返ってほほ笑んだ。

「そうね。きっとわかるわ」

その言葉どおりだった。数分後、ミーナは窓を指さして言った。

「あそこよ。一番上の大きな窓とバルコニーがあるところ。中は豪華なホテルみたいなの。カーペットは白。赤いカーテンに大きな円形ベッドがあるすごくセクシーなベッドルームが、いくつもあったわ。バスルームの蛇口は金で白鳥の形だった。あーあ、もう一度行けたらよかったのにな」

「君が行ったのは一度だけか？」コルトがきいた。

「そういうこと」ミーナは腹立たしげに鼻を鳴らした。「年を食いすぎてるんだって。あたし二十二になったばっかしなのにさ。やつらはビルに、あたしはおばさんだって言ったのよ。ほんと頭にきちゃうじゃ……あらっ」そこで、はっとしたようにコルトの肩を叩いた。「さっきの写真の子、あそこで見たんだわ。帰りかけたとき、たばこを忘れてきたのを思い出して引き返したの。彼女、キッチンに座ってた。写真を見てすぐにわからなかったのは、あのときは濃いメーキャップをしてたからよ」

「その子は君に何か言ったか?」コルトはきいた。はやる気持を抑えるのに苦労した。

「ううん。ただ座ってただけ。石みたいにこちこちになってるように見えたわ」

コルトの心中を察したアルシアは腕を伸ばし、シートの上の彼の手に自分の手を重ねた。やはり、その手はこわばっていた。彼は手のひらを返し、ぎゅっと握り返してきた。

「またあなたと話したいわ」アルシアは空いているほうの手でバッグを開け、この先もミーナの協力を取りつけるのに充分な額を出した。「連絡が取れるように、電話番号を教えて」

「いいわよ」ミーナは札を数えながら番号を言った。「ビルが言ってたとおりらしい。あんたは話がわかるわね。ねえ、〈チックタック〉の前で降ろしてくれない? ビルのために一杯やりたい気分だから」

「令状なしじゃ、手が出せないわ」

ミーナが示した建物の最上階でエレベーターを降りながら、アルシアは言った。これで三度目だ。

「ドアをノックするのに令状はいらない」

「それはそうだけど」アルシアはため息をつき、習慣でジャケットの内側に手を入れて武器を確かめた。「彼らがコーヒーでもごちそうしてくれると思うの？　ねえ、二時間待ってちょうだい。そうすれば――」

振り向いたコルトを見て、アルシアは驚いた。いままでどんなときも冷静だった彼の顔が、怒りで痙攣《けいれん》している。「いいか、警部補。リズがここにいるかどうか確かめるまで、俺は二分だって待つつもりはない。もしあの子がいたら――いるのがあの子以外の誰かにしろ、令状なんてくそ食らえだ」

「聞いて、コルト。気持はわかるけど……」

「君は何もわかっちゃいない」

アルシアは開けた口を閉じた。よくわかってるわ、と叫びそうになる自分にどきりとした。ええ、私にはよくわかっている。「じゃあノックしましょう」硬い口調で言い、ペントハウスのドアに歩み寄ってノックした。

「やつらは耳が遠いんだろうよ」コルトはこぶしでがんがん叩いた。応答なしとわかると即行動に移り、ドアを蹴破《けやぶ》った。アルシアは罵る暇もなかった。「まったく見上げたものだわ、ナイトシェイド」

彼はブーツから銃を取った。

「だめよ——」

しかしコルトはすでに中に入っていた。ボイドと彼の旧友を呪《のろ》いながら、アルシアは銃を構えて続いた。コルトが明かりをつけたが、見るまでもなくここが無人なのはわかっていた。空気ががらんとしている。残っているのはカーペットと窓のカーテンだけだった。

「やられたか」コルトは素早く部屋から部屋を見て回った。「やつら、逃げやがった」

銃は使わずにすみそうだ。アルシアはほっとした。「あのバーテンが誰に電話をしていたか、これでわかったわね。ここを貸した不動産屋や住んでいる人たちから、何か手がかりを聞き出せるかも」

だが、彼らのこの手際のよさからすると、おそらく無駄だろう。アルシアはバスルームに入った。ミーナが言っていたとおりだ。大きな黒いジャクジーバス、白鳥の形の蛇口——金ではなく真鍮《しんちゅう》だったが。そして全面鏡張り。

「気がすんだ、ナイトシェイド？　これは、犯罪現場だった可能性のある場所の保全を損なう行為よ」

「リズはここにいたにちがいない」

コルトがうしろに来て言った。バスルームの鏡が二人の姿をとらえる。彼の表情を見て、アルシアの怒りは消えうせた。彼にもこんな顔があったなんて……。

「彼女を見つけ出しましょう」アルシアは静かに言った。「見つけて家族のもとに返してあげなくちゃ」

「ああ。必ず」何かを叩き壊したい、なんでもいい。コルトはそう思い、鏡を打ち砕きたいのをやっとこらえた。「あの子は、こんなところでの忌まわしい日々を一生背負っていかなきゃならない。毎日毎日、死ぬまで。シア、リズはまだほんの子供なんだ」

「子供は大人が思っているよりずっと強いものよ。生き抜くためにいろんなことを切り捨てるわ。でも、リズはまだ恵まれているほうよ。愛情深い家族がいるんですもの」

「恵まれている?」

自分一人で耐えるしかない子より恵まれているわ。

「いくらかは、ってことよ」アルシアはコルトの頬に手を置いた。そうせずにいられなかった。「あまり感情的にならないで、コルト。さもないと、かえって悪い結果になるわ」

「そうだな」

感情に溺れるのは危ない。危険なミスにつながる。コルトはアルシアの手首を握り、少し引き寄せた。ちょっとした触れ合いがほしかったのかもしれない。

「知ってる?　いま一瞬、君は人間らしかった」

「あらそう?」二人の体がくっつきそうだ。よくないと思ったが、後ずされば、びくついているると思われる。「じゃあ、いつもの私はなんなのかしら?」

「完璧《かんぺき》な女」コルトは空いているほうの手を上げ、アルシアの髪を指に絡めた。初めて見たときからこうしてみたいと思っていた。「顔、髪、体、頭脳、すべてが整いすぎている。男は取りつく島もない」

アルシアは体を反らしてまっすぐにコルトの目を見た。胸の鼓動が速くなっているとしても、どうということはない。前にもこういう経験はあった。好奇心が疼《うず》いて欲望すら覚えたとしても、それも初めてではない。だけど困るのは、どういうわけか頭がくらくらしかかっていることだった。

「私の目に映るあなたは、人間味もなければ完璧でもないわね」アルシアは氷のような微笑を浮かべた。たいていの男はこれで戯《ざ》れ言をやめる。

が、コルトはたいていの男の中に入らなかった。「そのとおり。そこでだが、ほかのことを試してみるっていうのはどうかな?」彼はゆっくりと言い終わるやいなや唇を重ねた。

もしアルシアが抵抗したりもがいたり、ちょっとでも後ずさったりしたら、たぶんコルトは彼女を放し、潔く失点1とカウントしただろう。

しかしアルシアは、もがきもせず後ずさりもしなかった。そのことに、二人とも驚いた。抵抗できたし、すべきだった――あとでそう思うにちがいない。コルトの動きを容赦なく封じる手がいくらでもあったはずだ、と。けれど彼の唇は燃えるように熱く、腕は鋼のように強かった。そして、強烈な快感がアルシアの体を駆けめぐった。

コルトの想像は当たっていた。アルシアの唇は想像の中で味わったとおりの味がする。熱く、きりりとした味。阿片のように病みつきになりそうだ。彼女が口を開いたので、彼は喜び勇んでもっと奥のほうを、たっぷりと味わった。

小柄で、華奢《きゃしゃ》で、しなやかで……アルシアは男が思い描く夢の女だ。しかも決して、か弱くはない。コルトの背中に回されている腕も、髪をつかんでいる手も力強かった。彼女が甘いため息をもらしたので、コルトの血は熱く逆巻いた。

アルシアを鏡の壁に押しつけ、体をぴったり寄せる。両手で貪欲《どんよく》に愛撫《あいぶ》しながら、ブラウスのボタンに手を伸ばした。いますぐ彼女がほしかった。いや、ほしいなんてものじゃない、彼女が必要だった。重労働のあとで体が睡眠を要求するように、長い絶食のあとで体が食べ物を切望するように。

アルシアはのけぞり、うめいた。うっとりとして意識が薄れかけていた。背中に壁がなければとっくに床にくずおれているだろう。もしそうなったら、彼はこの場で私を抱くわ。私も彼を抱く――この冷たい固いタイルの上で、たくさんの鏡にあられもなく絡み合う姿を映しながら。

暗い家に忍びこむ盗人《ぬすっと》のように、ミーナの影が、ここで行われていた行為のイメージが、アルシアの頭の隅に侵入した。

私ったら何をしているの？　本当にまったく何をしているの！　むらむらと自分に腹が立った。私は警官よ。その私があろうことか理性のかけらもなくして、犯罪が行われたまさにその場所で、短絡的な欲望に身を任せようとしている。

「やめて！」キスと自己嫌悪のせいで声がしわがれていた。「本気で言ってるのよ、コルト。やめるの。すぐに」

「え？」コルトは水面に浮上したダイバーのように頭を振り、よろけそうになった。なんてことだ、膝ががくがくしている。

彼は壁に片手を突っ張ってアルシアを見下ろした。豊かな髪が乱れて肩にかかっている。熱くうるんだ大きな目は、褐色というよりゴールドのようだ。唇はキスのせいで腫《は》れ、白い肌は淡い薔薇色に染まっている。

「君は美しい」コルトは彼女の喉にそっと指を這《は》わせた。「ガラスの向こうのエキゾティックな花のようだ。ガラスを叩き割ってでも手に入れたいと思ってしまう」

「だめ」アルシアは彼の手をつかんだ。「どうかしているわ。二人とも頭がおかしくなってるのよ」

「そうだ。そこがすてきじゃないか」

「私たちは捜査中なのよ。そしてここは、その犯罪行為が行われた可能性の高い場所なのよ」

「だったら別のところへ行こう」

「ええ、別のところへ」アルシアは彼を突き離し、急いでブラウスのボタンを留めた。

「別々にね」

コルトは両手をポケットに入れた。両手にとって、いまはそこが最も安全な場所だ。彼女は正しい。残念ながら百パーセント正しい。

「君は何も起こらなかったふりをしたいのかな?」

「私はなんのふりもしないわ」アルシアは威厳をかき集めて乱れた髪を直し、服のしわをなでつけた。「何かが起こった。そしてそれはもう終わったの」

「いや、違うな、警部補。我々は大人同士だ。これは俺個人の説だが、こういう衝撃体験はめったにあるものじゃない」

「そのとおり、それはあなた個人の説よ」アルシアはまたつかまらないうちにリビングルームに戻った。

「もっと力説したほうがいいか?」コルトは恐ろしく静かに言った。「それとも君が正直になるか?」

「いいわ」アルシアは正直になることにした。嘘《うそ》をついても仕方がない。「もしまたちょっと熱く燃えてみたくなったら、私、そう言うわ。でも、いまはもっと大事なことがある。私はリズを見つけ出したいの。その気持はあなたに負けないわ。彼女を家族のもとに返したい。ハンバーガーをかじり、数学のテストの点を心配する、ふつうの女の子に戻ってほしい。彼女をとらえているやつらをつかまえたい」

コルトは大きくため息をつき、首のつけ根をこすった。そこは固く凝っていた。二人とも疲れているのだ。疲れて神経がすり切れている。

「俺の勇み足だったら謝るよ。だが、そうじゃない。そのことはどっちもわかってる。俺はリズを連れ戻しにここに来た。必ず連れ戻す。そして、シア、いま俺は君の味を知った。必ずもっと知りたくなる」

「私はスープじゃないわ。あなたは私が与えるもので我慢するしかないのよ」

コルトはにやりとした。「いいとも。じゃあ行こう。家に送るよ」

歩き出した彼の背中を見つめながら、アルシアはすっきりしなかった。この問題は自分が望むようにきちんと片づいていない。

4

二杯目のコーヒーで防備を固めながら、コルトは嵐《あらし》の端っこに立っていた。三人の子供たちを送り出してスクールバスに乗せるのは、大仕事だということがわかる。毎日こんなてんやわんやで、親たちはよく正気でいられるものだと感心した。

「僕、このシリアル、嫌い」ブライアンがスプーンですくった粥《かゆ》状のものを、しかめっ面でぽとぽと器に垂らしている。「濡《ぬ》れた木みたいな味だもん」

「自分で選んだんでしょ、おまけの笛が中に入っているからって」シーラはピーナッツバターとジャムのサンドイッチを作りながら言った。「食べなさい」

「バナナをのせるといい」ボイドが言葉を添えた。彼はアリスンのふわふわのブロンドを三つ編みにしようと苦労している。

「痛い！　パパ、髪を引っ張ってる！」

「ごめんよ。ネブラスカ州の州都は？」

「リンカーン」アリスンはため息をついた。「地理の試験なんて大嫌い」口を尖《とが》らせなががら、膝を曲げたり伸ばしたりしてバレエの〝プリエ〟のポーズを練習している。「なぜ、くだらない州の名前や、くだらない州都を知ってなくちゃならないわけ？」

「知識は尊いものだからだ」ボイドはちっぽけな三つ編みをゴムで留めようと懸命だ。

「それに、一度覚えてしまえばもう忘れない」

「そうかなあ。あたし、ヴァージニアの州都が思い出せない」

「それは、ええと……」ボイドは胸の中で罵《ののし》った。子供を持つことで一番厄介なのは、親も小学校からやり直さなくてはならないことだ。「すぐに思い出すよ」

「ママ、ブライがボンゴにシリアルをやってるわ」アリスンは得意そうに、にんまり笑って言いつけた。

シーラが振り返ると、舌なめずりしている犬の口に息子がスプーンを差し出している。

「ブライアン、すぐにそれを食べてしまいなさい」

「でも見てよ、ママ。ボンゴでも食べないよ。こんなのくそだ」

「そんな言葉を使ってはいけません」シーラはたしなめたが、いつもは便器の水でも飲む意地汚い犬が、シリアルを一なめして鼻をそむけるのを見た。「バナナを食べてコートを着なさい」

「ママ」末っ子のキーナンが駆けこんできた。裸足《はだし》で、汚いスニーカーの片方をぶら下げている。「靴が片っぽ見つからない。どこにもない。きっと誰かが盗んだんだ」

「警官を呼びなさい」シーラはピーナッツバターとジャムのサンドイッチの最後の一つをランチボックスに入れた。

「私が行きましょう、セニョーラ」家政婦のマリアがエプロンで手を拭《ふ》いた。

「助かるわ」

「悪者が盗《と》ったんだよ、マリア」キーナンが声をひそめて言う。「真夜中に侵入して、かっぱらってったんだ。パパがつかまえて牢屋《ろうや》に入れるよね」

「もちろんですとも」マリアは真面目《まじめ》に応じてキーナンの手を取り、階段に向かった。

「さあ、手がかりを探しましょう」

シーラがカウンターから振り返り、栗《くり》色のショートカットの髪に指を走らせた。「雨が降ってるわ。傘があったかしら?」

「我が家にも、かつては傘があった」アリスンの髪を結い終えたボイドはコーヒーのお代わりを注《つ》いだ。「だが全部盗まれた。おそらくキーナンの靴とブライアンの書き取りの宿題を盗んだのと同じ犯人だろうな」

「あなたはすごく頼りになるわ」シーラはキッチンの戸口へ行った。「マリア、傘をお願い」戻るときに犬につまずいて毒づいたあと、彼女は三つのランチボックスをつかんだ。

「コートを着なさい。あと五分でバスが来るわよ」

ボンゴが走っていって誰かれかまわずに飛びつく。

「彼はさよならが嫌いなんだ」ボイドは犬の首をつかまえてコルトに言った。

「靴はクローゼットにありました」マリアがキーナンを急《せ》かしてキッチンに入ってきた。

「きっと泥棒たちがそこに隠したのね。なんて悪いやつらでしょう」シーラは末っ子にランチボックスを渡した。「キスして」

キーナンはにやりとし、大きな音をたてて母親の口にキスをした。

「ブライ、バナナの皮はごみ箱よ」シーラはブライアンにランチボックスを渡すと、喉をくすぐり、笑わせてキスをした。「アリスン、ヴァージニア州の州都はリッチモンドよ」

「わかった」

みんながキスを交わしてから、シーラは片手を上げた。ボンゴもキスを交わし合う一員なのがコルトにはおかしかった。

「学校に傘を忘れてきた者は、死刑よ。さあ、急いで行きなさい」

子供たちは駆け出していった。ドアがばたんと閉まる。

シーラは目をつぶった。「ああ、やっとフレッチャー家の静かな朝。コルト、朝食は何がいいかしら。ベーコン？　卵？　ウイスキー？」

「初めの二つを。最後のはあとに取っておこう」コルトは笑って、ブライアンが座っていた椅子に座った。「毎日こんなショーをやってるのかい？」

「土曜日はマチネーよ」シーラは壁の時計に目をやった。「一緒にゆっくりしたいけど、もう仕事に出ないと。朝一番にミーティングがあるの。暇があったらラジオ局に寄って。中を案内するわ」

「ぜひ寄らせてもらうよ」

「マリア、何か買ってくるものはあるかしら？」

「いいえ、セニョーラ」マリアはベーコンをじゅうじゅう焼いていた。

「六時までに帰ってくるわ」シーラはテーブルに来て夫の肩に手をやった。「今夜ここで盛大なポーカーゲームがあるって聞いてるけど」

「それは噂《うわさ》だ」ボイドは妻を引き寄せ、ほほ笑みながら唇を合わせた。「君の唇はとっても甘い」

「いちごジャムのせいよ」シーラはもう一度ちょっと長めのキスをして、夫のそばを離れた。

　コルトはシーラが階段を駆け上がっていく足音を聞きながら言った。「お前は金星を射止めたんだな」

「一目見て、シーラしかいないと思ったよ」ボイドは思い出してほほ笑んだ。「しかし、僕なしでは生きていけないってことをわからせるのに、ちょっと手間取ったけどね」

　その笑顔を見てうらやむなというのは無理な話だった。「シーラと出会う前から、アルシアとはパートナーを組んでいたんだろう？」

「ああ。女性と組むのはシアが初めてだったが、相棒として最高だということがわかった」

「一つききたいんだ。答えたくなければ答えなくていいんだが……」どうきこうか迷いながら、コルトはフォークを取り上げてテーブルのへりを叩《たた》いた。「シアとは――シーラと会う前にだが――個人的なつき合いはなかったのか?」

「パートナーを組んでいれば、ときには二十四時間一緒だ。いろいろあったさ」ボイドは屈託なく笑った。「だが、ロマンスとは無縁だった。君がききたいのはそこなんだろう?」

コルトは肩をすくめた。ボイドの返事を聞いてほっとしながら、そんな自分に戸惑っていた。「ちょっと好奇心が疼《うず》いたのさ」

「才色兼備の彼女になぜ僕が触手を動かさなかったのか、という好奇心かい?」

居心地悪そうなコルトを見てボイドは笑った。マリアが黙って朝食の皿をテーブルに置いた。

「ありがとう、マリア。考えたことがなかったとは言わないよ。たぶんシアのほうも一、二度は……。だが我々はパートナーとしても友達としても、ぴったり息が合っていた。だから、別のレーンにはまることがなかったのさ」ボイドは卵を口に運びながら眉を上げた。

「君はどう思ってるんだ?」

コルトはまた肩をすくめ、ベーコンをつつき回した。「俺《おれ》と彼女は、パートナーとしても友達としても息がぴったりとは言いがたいな。すでに別のレーンにはまっているらしい」

ボイドは驚いたふりもしなかった。水と油が混ざらないというのは、かき回し方が足りないだけのことなのだ。「胸にぐっとくる女もいるし、頭にくる女もいる。その両方という場合もあるさ」

「そうだな。彼女について話してくれないか」

「彼女は優れた警官で、信頼できる。人間だから当然背負っているものはあるが、ちゃんとやっている。個人的なことが知りたかったら、本人にきくといい。彼女にも、君のことは本人にきけと言おう」

「彼女が何かきいたのか？」

「いや」ボイドは笑いを隠すためにコーヒーを飲んだ。「ところで、リズの捜索は進んでるか？」

「セカンド・アベニューのアパートメントにいるという情報をつかんだが、行ってみたらもぬけの殻だった。管理人やほかの住人に当たってみるよ。一味の一人二人の顔を確認できる目撃者を見つけた」

「いいスタートだ。力になれることがあるかい？」

「必要なときには頼むよ。リズがやつらの手に落ちて二週間以上だ。フレッチ、俺は必ずあの子を取り戻す」コルトの目に怒りが燃えていた。「心配なのは、助け出したときにあの子がどうなってるかだ」

「先の心配より、一歩ずつ進むことさ」

「あの警部補が言いそうな台詞《せりふ》だな」コルトは一歩より、ひとっ飛びのほうが好きだった。

「今日は午後にならないと彼女と合流できない。法廷かどこかに行くそうだ」

ボイドはうなずいた。「強盗と暴行でつかまえたマーステンの審理だな。やつの逮捕は彼女の手柄だ。セカンド・アベニューの聞きこみに、制服組を貸そうか？」

「いや、一人のほうがいい」


単独で動けるのはいい。コルトはつくづくそう思った。相手を気遣わなくてすむし、いちいち相談する手間が省ける。アルシアに関して言えば、余計な気苦労――女が一緒だということを絶えず頭の隅に置いておかなければならない気苦労は、無用だったが。

彼はまずアパートメントの管理人ニーマンに当たった。小柄で頭は禿《は》げ上がっており、自分の仕事にはこの服装がふさわしいと決めているらしく、三つぞろいのスーツに蝶《ちょう》ネクタイでめかしこみ、アフターシェイブ・ローションのにおいをぷんぷんさせていた。

「警察の人にはもう話しましたよ」ニーマンはドアチェーンの隙間《すきま》から言った。

「もう一度ききたい」コルトはニーマンに警察の人間だと思わせておいた。「廊下から大声で質問したほうがいいのかな、ミスター・ニーマン？」

「いや、それは……」ニーマンは渋りながらチェーンをはずした。「私はもう充分に迷惑していているんですよ。朝、起き抜けに警官にどんどんドアを叩かれるし、警察がペントハウスを封鎖しているのはどういうわけだと入居人から電話がかかりっぱなしで」

コルトは中に入って周囲に目をやった。ペントハウスほど広くないし豪華でもないが、なかなかのものだった。ロココ趣味で飾っている。おふくろならうっとりするだろうな、とコルトは思った。

「いい商売らしいな、ミスター・ニーマン」

「とんでもない」ニーマンは装飾的な曲線を持つ椅子をしぶしぶ勧めた。「入居人というのは子供のようなものでしてね、本当に。しつけをしてやらなければならない。ルールを破ったときにぴしっと叱《しか》る者がいなくてはいけないんです。私は十年アパートメントの管理人をしてきました。ここでは三年。まあ聞いていただければ――」

コルトは無駄話をさえぎった。「ペントハウスの入居人について話してくれないか？」

「お話しできることはあまりありませんな」ニーマンはズボンの膝をつまんで腰かけた。足首を組み合わせると、ソックスのアーガイル模様が見えた。「ほかの刑事さんにも言いましたが、実のところ、顔を合わせたことがないんです。四カ月しかここにいませんでしたし」

「あんたは借り手に部屋を案内しないのかな、ミスター・ニーマン？　入居申し込みの書類を受け取ったりは？」

「むろん、いたします。しかし、あの方の場合は書類を郵送してきました。最初の月と最後の家賃も、支払い保証小切手が郵便で届きました」

「いつもそのやり方で貸しているのか？」

「いえ、通常は……」ニーマンは咳払《せきばら》いし、ネクタイの結び目をいじった。「まず電話がありまして、それから手紙が来たんです。ミスター・デイヴィスは――例の入居人ですが――自分はエリスン夫妻の友人だと言ってきました。以前ペントハウスに住んでおられたご夫婦です。趣味のよい立派な方々でしたが、ボストンに引っ越されました。ミスター・デイヴィスは、エリスン家と親しくしていたので下見をする必要はないということでした。ディナーパーティその他の機会に何度かペントハウスに来たことがあるから、と。ぜひとも借りたいということで、申し込み書類も完璧《かんぺき》で……」

「あんたが書類のチェックを？」

「もちろん」ニーマンは口を引き結んで立ち上がった。「私は責任者ですから」

「そのデイヴィスという男の職業は？」

「エンジニアです。勤めている会社に照会しましたら、間違いのない人物だと保証してくれました」

「なんという会社？」

ニーマンはコーヒーテーブルから薄いファイルを取り上げた。「フォックス・エンジニアリング。この町にある会社です」彼は住所と電話番号を読み上げた。「彼の家主にも当然ながら照会しました。アパートメントの管理人には道徳規約があるんですよ。ミスター・デイヴィスは非の打ちどころのない入居人でした。迷惑な音をたてることも、物を散らかすこともありません。家賃の支払いもきちんとしていました」

「しかし、顔を合わせたことは一度もない？」

「大きなアパートメントですからね。会ったことのない方々が何人もいます。トラブルを起こす入居人のところへは行きますが、ミスター・デイヴィスにはトラブルは皆無でした」

トラブルは皆無か。コルトは苦々しく思った。時刻は正午を過ぎている。ドアからドアを訪ねて、ノックにこたえてくれた人たちから話を聞いた。謎《なぞ》のミスター・デイヴィスの顔を見たことがあるのは、これまでに三人だけだった。彼らが述べた人物の特徴はそれぞれ著しく違っていた。

ペントハウスには警察が封印していたので入れなかった。鍵《かぎ》をこじあけ、テープを破るのは簡単だが、そうして調べたところで成果はないだろう。

聞きこみは上の階から始めて下へと下りていった。いまは三階をきいて回っていたが、もどかしさと腹立たしさがきわまって頭痛がしてきた。

コルトは三〇二号室をノックした。防犯用のぞき穴から観察されているのを感じる。チェーンがかちゃかちゃ鳴り、鍵が回った。モップのような髪を派手なオレンジ色に染めた年寄りの女が顔を出し、コルトを今度はじかに検分した。狭めたまぶたのたくさんのしわの間で、青い目が光っている。恐ろしく太っていて、着ているデンバー・ブロンコスのトレーナーがテントじゃないかと思うほどだ。二重顎が三重になりかかっている。

「あなた、物売りにしちゃいい男すぎるわね」

「物売りじゃありません」帽子をかぶっていたら、つばに手をやってお辞儀をするところだ。「警察が捜査をしているんですが、ここの住人のことで二、三ききたいことがあるんです」

「おまわりさん？　じゃバッジを持ってるはずね」

このばあさんはニーマンよりずっと頭の回転がよさそうだ。「いや、僕は警官じゃありません。独自に調査をしているんです」

「じゃあ、私立探偵なの？」青い目がぱっと輝いた。「サム・スペードみたいな？　ハンフリー・ボガートはなんとも言えずセクシーだったわ。私がメアリー・アスターだったら、あんなつまらない鳥のことなんかさっさと忘れて彼をつかまえようとするわ」

コルトはちょっと戸惑ったが、彼女が言っているのは『マルタの鷹《たか》』のことだとわかった。「僕の好みからするとローレン・バコールですね。彼女とボギーは最高に決まっていた」

彼女はうれしそうにがらがら声で笑った。「決まって当然よ。まあ、お入んなさいな。戸口に突っ立ってることないわ」

入ったとたん、コルトは家具やら猫やらに突き当たった。この家は家具と猫でこみ合っている。いくつものテーブル、いくつもの椅子、いくつものランプ。高価なアンティークからガレージセールのがらくたまで、広いリビングにところかまわずめちゃくちゃに置かれていた。猫も半ダースくらいいて、丸くなったり長くなったり好き勝手にしている。

「集めるのが趣味なの」

彼女はルイ十五世様式の長椅子にでんと座った。肥満体がゆうにクッション三個分の場所を占めている。コルトはその隣は遠慮し、植民地の兵隊が赤い服のイギリス軍と戦っている絵柄の、色あせた、ぎしぎしいう肘かけ椅子に座った。

「私はエスター・メイヴィス」

「コルト・ナイトシェイドです」ほっそりした灰色の猫が膝に飛びのり、もう一匹が肘かけに上がって髪のにおいをかいだが、コルトは神妙にしていた。

「で、何を調べているの？」

「ペントハウスを借りていた人間のことです」

「引っ越していった人ね」エスターは二重顎を掻《か》いた。「昨日、筋骨たくましい連中が来てトラックで荷物を運んでいったわ」

ほかでもそう聞いたが、車に引っ越し業者の名前が書いてあったかどうか誰も覚えていなかった。

「どんな車でしたか、ミセス・メイヴィス?」

「ミスよ」彼女は訂正した。「幌《ほろ》つきの大きいトラック。ふつうの引っ越し屋とは違ってたわね」

「ほう?」

「仕事が素早かったわ。時給で働く人たちは、ああはやらない。わかるでしょう? いいものをいろいろ運んでたわね」彼女は室内を見回した。「私は家具が好きなの。あのベルカーテーブルがほしかったわ。もう置き場所がないと思うでしょう。でも、なんとか置けちゃうものなのよ」

「男たちの顔を覚えていますか?」

「よほどのハンサムでもないと、男の顔は気に留めないわ」彼女はウインクした。

「ミスター・デイヴィスはどうです? 会ったことがありますか?」

「さあどうかしら。ほかの住人たちの名前もよく知らないの。私は猫たちと引きこもって暮らしてるから。彼は何をしたの？」

「それを調べているんです」

「うっかりしたことは言えない？　まあ、ボギーだってそうしたでしょうね。とにかく、何かがあって引っ越したのね？」

「そうらしい」

「ということは、彼に小包を渡せなくなってしまったわけだわ」

「小包？」

「昨日、配達の人がデイヴィスとメイヴィスを間違えて、ここに入れていったのよ……」

彼女は頭を振った。「最近の人たちは、なんでもいい加減」

「まったくです」コルトは肩に上ってきた猫をそっと下ろした。「それはどんな小包ですか？」

「小さい小包。寝室にしまってあるわ。今日届けようと思って」彼女はよっこらしょと立ち上がると、タンクがしずしずと進むように家具の隙間を抜けていき、詰め物入りの袋を手にして戻ってきた。

「これを預かっていきたいんですが。心配ならデンバー署のボイド・フレッチャー警部に電話して、僕のことを確かめてください」

「かまわないわよ」彼女は包みをコルトに手渡した。「事件が片づいたら、また来て何があったのか話してちょうだい」

「ええ、そうしましょう」コルトはふと思いつき、リズの写真を取り出した。「この女の子を見たことはありませんか?」

ミス・メイヴィスは顔をしかめてながめた。「見覚えないわ。この子が事件に巻きこまれてるの?」

「ええ」

「ペントハウスと何か関係が?」

「そうなんです」

「きれいな子。一日も早く見つかるといいわね」

「ええ、本当に」


コルトらしくなかった。なぜいつもと異なる行動をとったのか自分でもわからない。とにかく彼はすぐに小包を開けて中身を確かめようとせず、封を切らないまま裁判所に向けて車を走らせた。

着くと、ちょうどアルシアの抗弁が始まったところだった。赤味がかった茶色のスーツを着ている。野暮ったくなりがちな色なのに、控えめながら完璧に決まっていた。艶《つや》やかな髪をアップにしてうなじを見せ、喉元に一連のパールのネックレスが輝いている。

コルトは法廷の一番うしろの席に座り、彼女があるときは鋭く、あるときは粘り強く相手側の抗弁を打ち砕いていくのをながめた。声を張り上げることも、言葉に詰まることもない。傍聴人も陪審員も、冷静沈着な筋金入りの警官だと思っているだろう。

確かにそのとおりだ。いまのアルシアを見ている限り、彼女が男の腕の中でロケットのように火を噴くとは夢にも思わないだろう。だが、忘れもしない。俺の腕の中で彼女は激しく燃えた。

アルシアはコルトがいることに気づかず、完全に仕事に没頭している。じっと見ているうちに、彼は別のちょっとしたことに気づいた。

彼女は疲れているようだ。目を見ればわかる。発言を求めて立ち上がるときに、何度か小さくため息をもらした。脚を組んではほどく。いつものようにしなやかで無駄のない動きだが、どこか違う。不安なわけじゃなく、落ち着かないのだ。早く切り上げたがっている。

弁護側と検察側の質問合戦が終わり、裁判官は十五分間の休憩を命じた。打ち下ろされた槌《つち》の音にアルシアが一瞬顔をしかめたのを、コルトは見逃さなかった。

ジャック・ホームズビーが、アルシアの腕を取った。「見事だったよ、シア」

「どうも。これであなたは間違いなくあの男をぶちこめるわ」

「それはまったく心配ない」彼は一歩動いてアルシアの行く手をさえぎった。「この間の晩は邪魔が入って残念だった。もう一度やり直さないか？　明日の夜、ディナーはどう？　二人きりで」

「ジャック、私は全然その気がないって言ったのに、通じなかったの？」

ジャックは笑って、アルシアの腕を握った手になれなれしく力をこめた。彼女は彼を殴りたくなった。

「ねえ、アルシア、僕は仲直りするチャンスがほしいんだ」

「誘惑するチャンスでしょ、ジャック。でも、私とあなたの間にはそういうことは絶対に起こらないのよ。法をはさんで敵同士にならないうちに、その手を離して」

「そこまで言うこと――」

「警部補、ちょっといいかな？」コルトはわざと気取って声をかけ、ジャックをじろりとながめ下ろした。

「あら、ナイトシェイド」彼にこんな場面を見られてしまったのが腹立たしかった。「失礼、ジャック。仕事があるの」

アルシアはコルトをうしろに従えて足早に法廷を出た。

「私の時間を侵害するほど大事な話があるなら、さっさと言って。いま機嫌が悪いの」

「玄関に車がある。話しがてら、ちょっとドライブなんてどうだい？」

「いいわ。署から歩いてきたの。ついでに送ってちょうだい」

「いいとも」車にはまた違反チケットがはさんであった。駐車禁止ゾーンに停《と》めていたので別に驚かなかった。コルトはそれをポケットに入れて車に乗りこんだ。「君の仲間に手間をかけてすまないな」

「ひざまずいて足にキスでもしたら？」アルシアは冷ややかに言ってシートベルトを締めた。

「そうしたいとずっと思ってた」コルトは腕を伸ばしてグローブボックスを開けた。「ほら」

「なんなの？」アルシアはアスピリンの瓶を見た。

「君の頭痛にさ」

「頭はなんともないわ」それはあながち嘘《うそ》ではなかった。頭痛より御しがたいものを抱えているからだ。

「俺は苦行なんて嫌いだ」

「ほっといて」アルシアは目をつぶった。こうすればコルトも見なくてすむので一挙両得だ。

本当は、なんともないどころではなかった。昨夜は寝ていないのだ。この数年二、三時間しか眠れないことはよくあったが、昨夜は一睡もできなかった。原因はコルトだったが、それを認めるのはプライドが許さなかった。

彼のことが頭から離れない。アルシアは自分を叱り飛ばした。ペントハウスでのあの信じられない出来事を繰り返し思い出して、体が疼く。そんな自分に激怒した。眠りを誘おうと熱い風呂にも入ったし、退屈な本を読んでもみた。ヨガをし、ブランデーを温めて飲んだ。だが、どれも効き目がなかった。

寝返りを打ち続けたあげく、ベッドから這《は》い出して部屋の中をうろうろ歩き回った。そうしているうちに空が白んだ。

今朝は明け方から仕事をしている。いま一時少し過ぎだが、すでに八時間、休憩なしで働いている勘定だ。さらに悪いことに、これから八時間コルトと一緒にいることになる。まったくたまらない。

急にがくんと車が止まったので目を開けると、コンビニエンス・ストアの前だった。

「ちょっと買いたいものがある」コルトはドアをばんと閉めて出ていった。

まったくすてきな態度だこと。アルシアはまた目をつぶった。何かほしいものはないか、きいてくれたっていいだろうに。いまほしいものといえば、頭をスライスする電動のこぎりかしら。

彼が戻ってくるのがわかった。不思議だ。まだ何回も会っていないのに、ブーツの鳴る足音で彼だとわかる。防御のためか頑固さのためか、アルシアは目をつぶったままでいた。

コルトが何かを手に押しつけた。目を開くと紙コップだった。

「お茶だ。これでアスピリンをのめよ」彼は瓶を取って錠剤を振り出した。「さあ、これをのんで、これを食う。朝から粒チョコか甘いナッツぐらいしか腹に入れてないんだろう。君みたいに始終甘いものをつまむ女は見たことがない」

「糖分はエネルギー源になるわ」アルシアは錠剤を口に入れてお茶を飲んだ。チーズクラッカーには顔をしかめる。「カップケーキだったらよかったのに」

「君には蛋白質《たんぱくしつ》が必要だ」

「カップケーキにも蛋白質は含まれているわ」お茶は濃すぎて苦かったが、喉は潤った。「でも、ありがとう」アルシアはクラッカーの包みを開けた。自分がしたことは自分の責任。それを忘れてはいけない。感情についても同じことが言える。眠れなかったのは私の問題だ。「午前中には鑑識があのペントハウスを調べ上げたはずよ」

「ああ。俺も行ってきた」

「一人で行ってほしくなかったわ」アルシアはクラッカーを頬張りながらぶつぶつ言った。「万人に気に入られることはできないから、せめて自分が気に入ることをするんだ。小ずるそうな管理人から話を聞いた。ペントハウスの入居人の顔は一度も見たことがなかったんだとさ」

アルシアが間に合わせの食事をしている間に、コルトは今朝の出来事を話した。

「デイヴィスについては知ってるわ」食べ終えた彼女が言った。「今朝ニーマンをベッドから叩き起こしたの。書類にあった住所や電話を調べたわ。どの電話もつながらなかったし、あの住所にフォックス・エンジニアリングという会社は存在しなかった。デンバーのどこにもね。前に住んでいたエリスン夫妻は、デイヴィスなんて名前は聞いたこともないと言ったわ」

「働き者だな」コルトは彼女を見、指でこつこつとハンドルを叩いた。「君が言いたいのは、一人で事を運ぶなってことか?」

アルシアはちらっとほほ笑んだ。頭痛はやわらぎはじめていた。「私はバッジを持っている」彼女はそっけなく言った。「あなたは持っていない」

「しかし君のバッジはミス・メイヴィスの部屋の通行証にはならなかった」

「それが問題?」

「そう思う」彼女を出し抜いたのを意地悪く喜びながら、コルトはうしろに手をやって小包を見せた。「配達人が間違えて、猫のおばさんのところに届けたのさ」

「猫のおばさん?」

アルシアが手を伸ばすと、彼は素早く小包をつかんで遠ざけた。「俺の獲物だ。分け前はやるけどね」

アルシアはかっとなったが、封が切られていないのを見て気を静めた。「開封しなかったのね」

「それがフェアってものだろ。一緒に開けようと思ってね」

「あなたでも、たまにはまともなことをするのね」

コルトは身をかがめ、ブーツからナイフを取り出して包みの封を切った。

アルシアがとがめるように見た。「そんなおもちゃを持ち歩くのは不穏当よ」

「そのとおり」コルトはあっさり言い、ナイフをブーツに戻した。包みの中にはビデオテープ一巻と便箋《びんせん》一枚が入っていた。メモが書いてある。

〈最終編集。ダビングオーケー？　週末に大雪の予報。食料は充分ある。次の便で予備のテープとビールを頼む。道路が通行不能になる可能性あり〉

アルシアは便箋の角をつまみ上げ、バッグからビニール袋を引っ張り出した。「運がよければ指紋が検出できるかも」

「何者かわかるかもしれないが、場所は割り出せない」コルトはテープを封筒に戻した。

「じゃあ映画を見に行こうか」

「ええ」アルシアは膝にのせた封筒を指で叩いた。「これは家でこっそり見る映画よね。私のところにビデオデッキがあるわ」

彼女のところには、クッションがたくさんのった座り心地のよいソファもあった。磨き上げられた堅木の床には、ナヴァホの敷物があちこちに置かれていた。壁にはアールデコのポスター。サウスウエスタン調とはちぐはぐに思えるが、絵はしっくり合っている。ティーワゴンの上といえば、たいてい観葉植物か何かの鉢がひしめいているものだが、アルシアのところでは丸い水槽が置かれ、金魚が二匹泳いでいた。

「なかなか興味深い住まいだな」

「お世辞はそれくらいで結構」アルシアはガラスとクローム製のテレビ台のほうへ歩いていきながら、途中で靴を脱いだ。

あのしぐさ一つで彼女のことがわかる、とコルトは思った。アルシア・グレイソンに関する膨大な報告書を読むよりずっとよくわかる。

彼女はてきぱきとテレビをつけ、ビデオデッキのスイッチを入れた。五秒ほどちかちかしてから、灰色の画面が明るくなる。いきなりショーが始まった。

コルトですらこれには驚いた。二人ともいい年の大人だし、仕事として見ているのだとわかってはいるが、それでも決まりが悪くてむずむずした。

「これを作ったやつらは、観客が食傷するなんてことは考えもしないらしい」

アルシアは頭をかしげ、ひるみもせず冷静に画面を観察した。そこに展開しているのは愛の行為ではなかった。彼女の定義からすればセックスですらない。徹底的にポルノだった。興をそそるというより悲惨だった。

「友達の結婚前夜パーティで、もっとホットなのをいくらでも見たことあるわ」

コルトは画面から目をそらし、アルシアを見て眉を上げた。「へえ？」

「テープの質は非常にいいわ。カメラワークもプロ並み」アルシアはうめき声やあえぎに耳を傾けた。「録音も」カメラがずっと退いてロングショットになった。「あのペントハウスじゃないわね」

「例の山の隠れ家にちがいない。あの壁からして、贅沢《ぜいたく》な山荘か。ベッドはチッペンデールだ」

「よく知ってるわね」

「おふくろがアンティークに目がなくてね。ベッドのそばのランプはティファニーか、精巧なそのイミテーションだ。おや、状況がこみ入ってきた……」

二人目の女が登場した。台詞がちょっと入り、恋人と親友の情事を見つけたという設定なのがわかる。次いで暴力シーンになった。

最初の女の顔面が強打された。

「あれは本物の血だわ。彼女はあんなふうに殴られるとは思っていなかったでしょうね」

コルトは低く罵った。セックスと暴力。集中して女に向けられる暴力は醜悪だった。こぶしを握り締め、テレビを叩き壊したい気持をこらえた。もはや決まりが悪いどころではない。胸がむかむかしてきた。

「大丈夫、ナイトシェイド?」アルシアは彼の腕に手を置いた。リズが画面に出てくるかもしれない。彼はそれを恐れているのだ。

アルシアは注意深く細部に目を凝らした。調度品はコルトの言うとおり、どれも贅沢だ。カメラが別のアングルをとらえ、建物が二階建てであることがわかった。吹き抜けがある。梁《はり》を見せた高い天井、石造りの暖炉、大きな温水浴槽。

二、三箇所、芸術的なショットもあった。ちらちら雪が降っている。一列に並んだ目隠し用の木々と雪化粧した山々の頂がちらと映った。演技をしている人間には、アウトドアのシーンはとても寒かっただろう。目が届く範囲に家もホテルもないことがわかった。

クレジットなしでフィルムは終わった。リズは出てこなかった。だからといってコルトが安堵《あんど》できるものではない。彼は、腹わたが煮えくり返っていた。

「やつらは女に手荒いまねをしている」コルトは言葉を抑えて言った。「虐待だ」

「この手のものを買うのは、主として肉体的にも感情的にも女を支配下におきたいというファンタジーを持っている男たちでしょう」

「君は、こんなものにファンタジーなんて言葉をよく使えるな」

「ファンタジーはすべて美しい、なんて嘘よ」アルシアはつぶやいた。「彼らは一部の顧客のファンタジーをフィルム上で実現してやってるわけだわ」

「ご立派なことだ」コルトは気を静めようとゆっくり息を吸いこんだ。「ジェイドの手紙に女の一人が殺されたらしいと書いてあったが、本当っぽく思えてきたな」

「サディズムは格好の性的手段になるのよ。そして手加減がわからなくなる。風景のショットから、大まかな地点を割り出せるかもしれないわ」

アルシアはテープを巻き戻しはじめた。コルトは彼女の肩をつかんで振り向かせた。

「どうしてそんなに冷静でいられるんだ？　君は平気なのか？　何も感じないのか？」

「私は、どんなことにも目をそむけないでいられるわ。私情はいっさい、はさまないの」

「よしてくれ。さっきの女はカメラの前で殺されたかもしれないんだぞ。俺はいま、そのことを言っているんだ」コルトは怒りを抑えられなかった。「あれを見ていて君がどう感じたのか知りたいね」

「胸が悪くなったわ」アルシアは言い返し、コルトの手を振り払った。「怒ってもいるわ。それに、もし私が自分にそんな気持になることを許すなら、悲しいわ。でも、いま肝心なのは、確たる証拠を一つ手にしたという事実よ」彼女はテープを取り出して封筒におさめた。「さて、私を署まで送ってもらえないかしら？　これを鑑識に引き渡したいの。それから少し時間をちょうだい」

「いいとも、警部補」コルトは大股で戸口に行き、乱暴にドアを開けた。「好きなだけ時間をやるよ」

5

コルトはレディを三人、手中におさめていた。だが残念なことに、一番手に入れたいレディは、テーブルの向かい側に座って賭《か》け金を吊《つ》り上げている。

「あなたの二十五にもう二十五のせるわ、ナイトシェイド」アルシアはチップを投げた。彼女はトランプのカードを、まるで思いをかき抱くように、ベストの胸に寄せてしっかりと持っていた。

「ほう……」スイーニーはひどい手札をながめて大きくため息をついた。「まったく元気が出る」

スイーニーと検察医のルーイーの間に座ったシーラは、5のワンペアで思い悩んでいる。

「どうしたものかしらね、名人?」

デンバー・ナゲッツのジャージーのパジャマを着たキーナンが、シーラの膝に飛びのった。「チップだ」

「気やすく言ってくれるけど」そう言いながらシーラはチップを山に投げた。

ルーイーはひとしきりぶつぶつつぶやいてから、やはりチップを投げた。「同額を出そう」コルトはシガーをくわえたままチップを数えた。「いや、その倍だ」

ボイドはにやりとした。手札を見て、すぐに降りておいてよかった。

もう一巡して残ったのは、アルシアとシーラとコルトだけだった。

「三人の美しいクイーン」コルトはカードを開けた。

アルシアが視線を合わせ、目をきらりと光らせる。「すてき。でも我が家は満員《フルハウス》だから、彼女たちをお泊めできないわ」アルシアは8のスリーカードと2のペアという手を開いた。

「恥ずかしながら5のペア」シーラはため息をついた。「おかげで七十五セントの負けよ。あなたにはこれにて消えてもらいます」彼女は笑っているキーナンを膝から持ち上げながら立ち上がった。

「パパ、僕を消えさせないで！」

「残念だが、坊主、それがお前の運命らしい」ボイドは息子の髪をかき回し、厳かにキスをした。「寂しいけれど、おさらばだ」

引き延ばし作戦が得意のキーナンはコルトの首にしがみついた。「助けて！」

コルトは子供にキスして頭を振った。「おじさんにもこの世で怖いものが一つある。それはママさ。自分でなんとかするんだな、相棒」

キーナンはテーブルを回ってアルシアのところへ行った。「ねえ、いいでしょ？」

これは毎度のゲームで、アルシアは機嫌よく応じた。「五セントよ」

「貸しといて」

「あなたは私にすでに八千ドルと十五セントの借りがあるのよ」

「金曜日にお小遣いをもらうから大丈夫」

アルシアはキーナンを膝にのせて抱き寄せた。キーナンは子犬のように彼女の髪をくんくん嗅《か》ぐ。

コルトは、彼女の顔がやわらぎ、子供のうなじをやさしくなでるのを見ていた。

「すてきなにおいだな」キーナンはいかにもうっとりした顔でもう一度アルシアの髪を嗅いだ。

「じゃ、金曜日に忘れずに八千ドルよ。さあ、もう行きなさい」キスを一つして、アルシアはキーナンをシーラの腕に返した。

「私は抜けるわ」シーラは息子を小脇《こわき》に抱え、寝かせに連れていった。

「たいした坊やだ。女の膝の上で堂々とあんなことを言うんだからな」スイーニーはにやにやしながらカードをかき集めた。「俺《おれ》が親の番だ」

次の一時間の間にアルシアのチップの山はゆっくりと、だが着実に高くなっていった。シーラとボイドが結婚してから間もなく毎月の行事となったポーカーゲームを、彼女は楽しみにしていた。勝負の楽しさもさることながら、フレッチャー家の隅々にまでしみこんでいる家庭的な雰囲気に、心がなごむ。

アルシアの勝負の仕方は慎重だった。よく考え、必ず勝てると思ったときだけ大きく勝負に出る。コルトのチップの山も倍になっていたが、勝ちと負けの波が大きかった。

彼は無謀ではない。アルシアはそう見て取った。豪胆というほうが当たっている。ひどい手札のときに大胆に勝負をかけるかと思えば、確実な札を握っているのにほかの者が賭け金を吊り上げるのを傍観している、というふうだ。決まったパターンがない。でも、パターンがないというのも一つのパターンだ。

スイーニーがハートのフラッシュで少し勝ったところで、アルシアは腰を上げた。「ビールがほしい人は？」

みんながほしがった。アルシアはキッチンに行ってビール瓶のふたをぽんぽん開けた。自分用にワインをグラスに注《つ》いでいると、コルトが入ってきた。

「何か手伝おうか？」

「一人で大丈夫」

やれやれ、刺《とげ》のある口調だ。「君がなんでも一人でできることはわかってる。ちょっと手を貸そうと思っただけさ」

マリアが山ほどサンドイッチを大皿に用意しておいてくれた。手持ち無沙汰《ぶさた》のコルトはそれを小皿に盛った。胸にたまっているものがある。二人きりのいまがそれを吐き出すチヤンスだが、どう口を切ったらいいのかわからなかった。

「午後のことで、ちょっと話が」

「あらそう」アルシアは冷ややかに言って冷蔵庫のほうを向き、マリア手作りの最高のアボカドディップのボウルを取り出した。

「すまなかった」

「え？」もう少しでボウルを落としそうになった。

「すまなかった。聞こえたろ？」コルトは謝るのが嫌いだった。それはつまり、自分が間違っていたと認めることになるからだ。「あのビデオを見て腹が煮えくり返った。なんでもいい、誰でもいい、思いきり殴りつけたくなった。で、君に八つ当たりしたんだ」

予想外の展開。アルシアはボウルを手にしたまま困惑してたたずんだ。「いいのよ。もうすんだこと」

「リズが出てくるんじゃないかと怖かった。出てこなければこないで、怖かった」コルトは口の開いたビール瓶を取り上げ、ごくごく喉に流しこんだ。「あんなに恐ろしい思いをしたのは初めてだ」

余計な言い訳は一言もない。だからだろう、アルシアは心の鎧《よろい》を脱いだ。彼の言葉に胸を揺さぶられながらボウルをカウンターに置き、チップスの袋を開けた。

「わかるわ。私も煮えくり返る思いだった」チップスを器に入れ、ほかにすることはないか探した。何もない。「捜査が迅速にはかどらなくて申し訳なく思ってるわ」

「だが、一歩も進んでいないわけじゃない。君には感謝してる」コルトは片手を上げ、また脇に下げた。「あのとき俺は無性に誰かを殴りたかったが、ほかにもしたいことがあった。君を抱きたかったんだ」アルシアの目に警戒の光がひらめいた。彼は腹が立ちそうになるのをこらえた。「飛びかかろうとしたわけじゃない、シア。抱き締めたかったんだ。そこには明らかな相違がある」

「そうね」彼女は静かに長く息を吐いた。コルトの目の中にはやむにやまれぬものがあった。だが欲望ではない。彼が求めているのは人との触れ合いや慰めや共感だった。その気持はよくわかる。「私もそうだったかもしれないわ」

「俺はいまもそうだ」コルトは先に動くことにためらいを感じた。だが彼は前に出て両腕を差し出した。

アルシアのほうも、コルトの腕の中に歩み寄って彼を自分の腕で包みこむことに躊躇《ちゅうちょ》した。

だがアルシアが体を寄せ、彼女の頬が彼の肩に、彼の頬が彼女の髪に置かれると、二人は吐息をもらした。一気に水が引くように緊張が消え去った。

どうしてなのかコルトは自分でものみこめなかったが、これはまっとうなことだと感じた。純粋に正当な感情だと。

初めて彼女を抱いたときとは違い、欲望のパンチにくらくらしたり、血が燃えたぎったりはしなかった。それなのに、なんとも言えぬぬくもりがじわじわと広がった。

俺は彼女をこんなふうにも抱けるんだ。何時間でもこうしていられそうだ。

男性と一緒のとき、アルシアが完全に気をゆるめることはめったになかった。魅力を感じる男の場合はなおさらだ。けれどいま、実に簡単に、実に自然にそうできている。心臓の鼓動も安らかだ。頬をすり寄せ、目を閉じて甘えた声を出したくなった。コルトがくんくん髪を嗅いだので、彼女は笑った。「あの子の言うとおりだ」彼はささやいた。「すてきなにおいがする」

「五セントもらうわよ、ナイトシェイド」

「つけにしといてくれ」

アルシアはにっこりしてコルトを見上げた。彼はどきりとした。彼女がそんな目をしたのが初めてだったからだろうか。わからない。だが、とにかく彼女はこの世のものと思えぬほど美しかった。キッチンの強い明かりの下で、髪が燃えるように輝いている。吸いこまれそうに深い褐色の目は、ユーモアに温かく光っていた。そして唇は――口紅をつけていない唇は、ほほ笑みの形のまま少し開いていた。

コルトは誘惑に負けた。ゆっくりと頭を傾けながら、アルシアが体をこわばらせるか、後ずさりするかと様子を見た。彼女はそのどちらもしなかった。少し身構えたが、微笑は消えなかった。そこで彼はそっと、試すように唇を合わせた。二人とも目を開けて見つめ合っていた。相手の出方をうかがっているかのように。

彼女はおとなしく俺の腕の中にいる。コルトは軽く唇をついばんだ。アルシアが体を震わせるのがわかった。瞳がとろりと黒みを帯びる。だがその目は開かれたまま、彼を見つめていた。

アルシアは彼を見ていたかった。そうする必要があった。目をつぶったら最後、ものほしげに口を開けている穴に落ちてしまいそうで怖い。それに、この男のどこに自分の頭と体を狂わせる力があるのか見極めたい。

いままでそんな男はいなかった。アルシアは自分の冷静さを誇りにしており、男にしろ女にしろ、他人の魅力に陥落して恋に心を痛める人々を、ひそかに笑っていた。恋なんて喜びより厄介なことのほうが多いと考えていた。

けれどキスが深くなり、唇だけではなく頭もハートも体も甘美にしびれてくると、彼女はふと思った。かたくなに防備を固めてきたこれまでの年月、私は何を見逃してきたのだろう。

「アルシア……」彼はキスの角度を変えながらささやいた。「このままいこう」

彼の言いたいことはわかった。成り行きに任せようと言っているのだ。どちらもいま感じているものに素直になろうと。

どう出るかわからないものに賭ける。これはギャンブルだわ。

先に目を閉じたのはコルトだった。心地よい穏やかな情熱が疼《うず》きにしみて一つになる。吐息と一緒にアルシアのまぶたが落ちた。

「おい、ビールはどうなって――おや、これはこれは！」ボイドはにやにやしそうになるのをこらえるために顔をしかめた。旧友と前の相棒が、盗みの現場に踏みこまれた泥棒のように、びくっとして体を離した。「邪魔して失礼」ボイドはビール瓶をまとめて手に持った。長いつき合いだが、こんなにうっとりしたというか、酔っ払ったような顔のアルシアを見たのは初めてだ。ドアに向かいながら彼は言った。「このキッチンには魔法のしかけがあるらしい。僕も何度となくここでそういうことになった経験があるんだ」

ドアが揺れて閉まった。アルシアはふうっと大きく息をついた。「ああ、困ったわ」

コルトは彼女の肩に手を置いた。気まずくならないようにこの場をおさめたかった。

「ボイドのやつ、いやにうれしそうな顔をしてたよ」

「からかうねたができたからよ」アルシアはいまいましそうに言った。「彼はこのことをシーラに言う。そして彼女も私をいいようにからかうわ」

「そんなに暇じゃないだろう」

「彼らは夫婦よ」アルシアはぴりぴりして言い返した。「既婚者っていうのは他人を話の種にするものだわ」

「他人の何を種にするんだ？」

「何もかもよ」

コルトは彼女がおたおたすればするほど気に入った。冷静沈着な警部補が取り乱すのを目にした人間はそういないはずだ。この情景をじっくり堪能《たんのう》しよう。彼はにんまりしてうしろのカウンターに寄りかかった。

「だからなんだい？　今夜俺を家に誘って、彼らを心底あっと言わせてやるってのはどう？」

「そんなことが起こるのはあなたの夢の中だけね」

コルトは眉を上げた。アルシアの声は冷静とは言えなかった。面白い――おおいに面白い。「正直に言うが、俺はその夢が現実になるのが待ち遠しい」

アルシアは心を落ち着かせようとした。両手にも何かをさせるため、一石二鳥と思いながらワインを取り上げて飲んだ。「それは脅し？」

「アルシア」コルトは辛抱強く言った。それが自分でもおかしかった。以前にはなんにつけ、辛抱するなんてことは頭になかったのに。「さっきのことから、どうして脅しなんて言葉が出てくるんだ？　あれはすばらしかった。二人きりの場所でだったら、もっとすばらしいことになっていただろうな」彼は彼女の髪の中に手を入れた。「俺は君がほしい。ものすごくほしい。だが、それを決めるのは君だ」

アルシアは背筋がぞくりとした。怖くてではない。長年警官をしていれば、ありとあらゆる種類の恐怖をいやでも知る。「ずいぶん欲張りね。リズを助け出したい、彼女をとらえているやつらをつかまえて罰したい、自分のやり方でやりたいけれど私の協力がほしい。そのうえ……」彼女はもう一口ワインを飲み、まっすぐに彼と目を合わせた。「ベッドまで一緒にしたがっている」

参った、とコルトは思った。彼女だって俺と同じくらい欲望を感じているはずなのに、まるで天気の話でもしているように話している。「ああ、だいたいそういうことだ。じゃあきくが、君は何を求めているんだ？」

困ったことにアルシアは、自分が何を求めているかはっきりわかっていた。そして、それはすぐ手の届くところに立っている。「私とあなたの違いはね、私はほしいものがすべて手に入るわけじゃないと知っていることよ、ナイトシェイド。さあ、このへんでおいとまするわ。長い一日だったし。明日はミーナのスケッチが届くはずよ。それを流せば何かしら手がかりが見つかるかも」

「わかった」コルトはあきらめた――いまのところは。アルシアのような女を相手にして厄介なのは、彼女がその気になるのを請い願うしかないということだ。「シア？」

「え？」アルシアはキッチンの戸口で立ち止まり、振り返った。

「このことはどうするつもりだ？」

アルシアはため息が出そうになった。うんざりしてではなく、熱い思いがこみ上げて。だが、それをもらしはしなかった。「わからないわ」気持に正直に言う。「わかればいいのに」

次の朝、コルトは九時半より前にアルシアのオフィスに来てじりじりしながら待っていた。手持ち無沙汰を持て余して、彼女のデスクの上の書類にぱらぱら目を通した。それらは報告書で、警官言葉とでも言ったらいいか、簡潔なくせにものものしい文体で書かれていた。非常によく書けている――無味乾燥なお役所の文書としては。規律遵守のグレイソン警部補か。彼はファイルを閉じた。だが、アルシアはただ生真面目《きまじめ》なだけの警官ではない。コルトはさまざまなシーンでさまざまな彼女の顔を見た。たぶんそのせいで、こういうややこしいことになったのだ。だが、彼女についてはまだ見足りない。

むろん一番気にかかっているのはリズのことだが、アルシアのことも彼の心に食いこんでいた。まるで肉に食いこんだ銃弾のように、それは熱く疼いて絶えず彼の神経を刺激した。

腹立たしく、いらいらする。そのためアルシアが颯爽《さっそう》と入ってきたとき、コルトは不機嫌に言った。「なんだって一時間も待たせるんだ。こんなところでぐずぐずしている暇はない」

「それはあいにくね」アルシアは持っていたファイルを置きながら、デスクの上の書類がいじられていることにすぐ気づいた。「テレビの見すぎじゃないの、ナイトシェイド？　警官が一つの事件にかかりきりになれるなんて、ドラマの中だけの話よ。それから、次にここで私を待つ場合には、書類に手を触れないで」

「俺にも言わせてくれ、警部補――」

電話が鳴ったので、コルトは悪態をついた。

「グレイソンです」アルシアはそう言いながら椅子にかけ、すでに鉛筆を握っていた。「ええ。ええ。なるほど。さっそく調べてもらえて助かるわ。ありがとう」彼女は電話を切ってすぐに番号をプッシュした。「カンザスシティの市警が、ジェイドの母親の居場所を突き止めてくれたわ」コルトに言った。「彼女はカンザスからミズーリに引っ越していた」

「ジェイドも一緒か？」

「いまそれを調べようとしているところ」アルシアは腕時計に目をやった。「母親は夜ウエイトレスをしているそうだから、この時間は家にいるはずなんだけど」

コルトは口を開きかけた。が、アルシアが手を上げて制した。

「もしもし、ジャニス・ウィロービィをお願いします」不機嫌な眠そうな声が、ジャニスはここに住んでいないと言った。「ミセス・ウィロービィですか？　こちらデンバー警察のグレイソン警部補です……いいえ、娘さんは何もしていません。ある事件のことで力を貸してもらいたいんです。この二、三週間の間に娘さんから連絡はありませんでしたか?」母親ががみがみ言う。ジャニスからはずっと連絡がない、どういうことなのか説明してもらいたい……と。「ミセス・ウィロービィ、ジャニスは警察から逃げているんじゃありません。彼女にはなんの嫌疑もかかっていません。ですが、どうしても彼女と連絡が取りたいんです」アルシアの目がつと冷たくなった。「なんですって? あなたに密告してほしいと言っているんじゃありませんよ。ですから、報奨金の規定が適用されるわけではありません。もし――」

コルトは腕を伸ばし、受話器の口を手でふさいだ。「五千。ジェイドの居所を教えてくれて、その結果リズを見つけられたら出そう」だめよ、とアルシアの目がはねつける。「君がつべこべ言うことはない。個人的な報奨金だ」

アルシアはしぶしぶ言った。「ミセス・ウィロービィ、ある人がジャニスに関する情報に五千ドル出す用意があるそうです。ただし、満足のいく結果が得られたらという条件つきで……ええ、キャッシュで。ええ、昼でも夜でもかまいませんからこの番号に連絡してください」彼女は電話番号を二回繰り返した。「もちろん、料金はこちら払いで。私はデンバー署のアルシア・グレイソン警部補です。よろしくお願いします」電話を切ったアルシアは怒って言った。「ジェイドが家を飛び出して街の女になったのも無理ないわ。母親は娘のことなどこれっぽっちも心配していない。自分に面倒が降りかかりさえしなければどうでもいいのよ」

「すべての女に『うちのママは世界一』のドナ・リードみたいな母性本能がそなわってるわけじゃない」

「そのとおり」感情的になりそうだったので、アルシアは話を変えた。「ミーナと絵描《えか》きの共同作業でかなりいい似顔絵ができたの。昨日見たビデオのスターの一人に合致する顔があったわ」

「どいつだ?」

「赤い革のバタフライをつけていた男。売春関連の犯罪者のファイルを当たってるところよ。しばらくかかるわね」

「時間がない」

「じゃあ、もっといい手がある?」

「いや。ビリングズを狙撃《そげき》するのに使われた車から指紋は?」

「残っていなかったわ」

「ペントハウスには?」

「指紋はゼロ。でも毛髪が少々。つかまえる手がかりにはならないと思うけれど、裁判で立証するときには役に立つでしょう。鑑識がビデオを調べてるわ。絵や音からきっと何かつかめるはず」

「失踪《しっそう》人を調べてみたか？　死体保管所に身元不明の女のほとけさんはいないのか？　ジェイドは女の一人が殺されたと考えている」

「殺されたとしても、体を売っていた女だとすると、失踪人課に捜索願いが出されることはまずないわ。身元不明の死体や不自然な死に方をした女について過去三カ月の報告を全部当たったけれど、該当するものはなかった」

「ホームレスや女性のためのシェルターとか、社会復帰施設に身をひそめている可能性は？」

「まだ調べていないわ」アルシアはためらった。が、隠し事はなしでいくのが一番だと決断した。「ちょっと考えていることがあるんだけれど」

「言ってみてくれ」

「ベビーフェイスの女性警官が二人いるの。しかも腕利きよ。おとりに街に立たせてみたらどうかと思うの。ポルノ映画の一味が声をかけてくるかもしれない」

コルトは考えた。時間はかかるが、可能性はある。「きわどい手だが、うまくいくと思うか？」

「そうね。もし私がそのおとりに――」

「だめだ」コルトがぴしゃりと言った。

「もし、と言ったのよ。でもあいにく私は十代に見えないわ。我らがプロデューサーは子供が好みのようだし。とにかくおとり作戦をやってみるわ」

「オーケー。ところで、あのテープをダビングしてもらえるかな？」

アルシアはにっと笑った。「夜があまりにも退屈なの？」

「とても楽しく過ごしてるよ。で、もらえる？」

アルシアは少し考えた。厳しく言えば規則に反するが、問題はないだろう。「鑑識に頼んでみるわ。これから私は〈クランシー〉のバーテンを叩《たた》き起こしに行くつもり。ペントハウスにいた一味を逃がしたのはあの男にちがいないわ。何かしらおいしい汁が搾れるはずよ」

「一緒に行く」

アルシアは首を横に振ってにっこりした。「スイーニーと行くわ。〈クランシー〉って酒場にアイルランド人の大男のおまわり。ぴったりでしょ」

「スイーニーはポーカーが下手くそだ」

「そう。だけど気のいい人よ」アルシアは完璧《かんぺき》なアイルランド訛《なまり》で言ってコルトを驚かせた。

「とにかく、俺もくっついていく」

「おとなしく私の電話を待ってて」アルシアは腰を上げ、椅子の背からスラックスとそろいの紺のブレザーを取り上げた。ブラウスはブルーのシルキーな素材だ。肩かけホルスターとそこにおさめたピストルが、しゃれたアクセサリーのように見える。

「電話してくれるんだな?」

「そう言ったでしょう」

コルトはごく自然な衝動から彼女の肩に両手を置いた。「今朝マーリーンから電話があった。むなしい期待をさせたくないが、調べは進んでいると言うしかなかった」

「彼女の気持を少しでも軽くしてあげるのはいいことよ」アルシアは思わず彼の頬に手を触れ、すぐにその手を離した。「頑張りましょう、ナイトシェイド。私たち、短い間にたくさんの情報を集められたじゃない」

「そうだな」コルトは手を脇に下ろして彼女と指を絡ませ、その手のやわらかさや大きさを確かめた。「遅かれ早かれ決着をつける」彼は目を合わせて言った。「そのあかつきには、ほかのことにも片をつけよう」

「ええ、そのあかつきにはね。でも、あなたの気に入るような決着じゃないかもよ」

コルトはアルシアの顎をとらえてしっかりとキスをし、殴られないうちに彼女を放した。

「気をつけて行ってこいよ、警部補」

「私は生まれつき慎重よ、ナイトシェイド」アルシアはブレザーの袖《そで》に腕を通しながらオフィスを出た。

十時間後、アルシアはアパートメントのガレージに車を入れ、エレベーターに向かった。熱い泡風呂と冷たいワインとスローなブルースを思い描きながら。

エレベーターに乗ると壁にもたれて目をつぶった。あのバーテンダー――レオ・ドーセッティからは何も聞き出せなかった。賄賂《わいろ》も遠回しの脅しも効き目がなかった。だがあの男がポルノ映画の一味とかかわりがあるのは間違いない。彼はワイルド・ビルのように消されるのではないかとびくついていた。

脅しが効かないなら次の手だ。逮捕して取り調べられるように、レオ・ドーセッティに少しでもうしろ暗いところがないか探ってみよう。

アルシアは鍵《かぎ》をちゃらちゃら鳴らしながらエレベーターを降りた。しばらくおまわり稼業は休憩。のめりこみすぎは失敗の元だ。事件のことは頭の隅に追いやり、静かに寝かせておこう。その間に糸口がつかめることもある。そして私は、一人の女として気ままな夜を過ごすのだ。

鍵をあけ、ドアを押して入った。その瞬間、直感の警報が心に鳴り響いた。何が怪しいのか考えるより先にアルシアは素早く銃を握り、突入時の構えでドアのうしろや隅々に鋭く目をやった。

室内に異状はない。ベッシー・スミスのレコードがかかっていることを除けば。それに料理のにおい――スパイシーな香りが鼻をくすぐる。脳は警戒したままだが、口の中には唾《つば》がわいた。

キッチンで物音がした。アルシアは振り向きざまに両足を開き、両手で銃を構えた。

コルトが布巾《ふきん》で手を拭《ふ》きながら、戸口の柱に寄りかかってにやりとした。「おかえり、ダーリン」

6

アルシアは銃を下ろした。彼女は声を荒らげはしなかった。言葉を選び、静かに的確な表現で、怒鳴りつけるよりずっと明確に気持を伝えた。

コルトはただ感嘆して頭を振った。「そんなふうに上品に叱《しか》られたのは、生まれて初めてだ。ところで、その銃をホルスターにおさめてくれるとありがたいな。君がそれをぶっ放して、自分の住まいを血だらけにするとは思わないが」

「いざとなればするわ」アルシアは銃をおさめたが、目はコルトから一瞬たりとも離さなかった。「あなたには黙秘する権利が……」

賢明にも、コルトは笑いを噛《か》み殺した。「なんのつもりだ?」

「あなたを家宅侵入罪で逮捕する前に、権利条項を告げているのよ」

コルトは彼女が本気であることを疑わなかった。俺《おれ》の指紋を取り、写真を撮って、即刻、告発名簿にのせるつもりなのだ。「黙秘権は放棄してちゃんと説明しよう」

「そのほうがいいわね」アルシアはブレザーを脱いで椅子の背にかけた。「どうやって入ったの」

「それは……ちゃんとドアから、と言ったら？」

アルシアの目が鋭くなる。「あなたには弁護士をつけるよう要求する権利があるわ」

ユーモアでごまかすという手は通じないようだ。「オーケー」コルトは観念して両手を上げた。「鍵《かぎ》をこじあけたんだ。手ごわい鍵だった。あるいはこっちの腕が鈍ったのかもしれないな」

「鍵をこじあけた」アルシアはわかりきっていたと言いたげにうなずいた。「あなたは武器を隠し持ってるわね。ＡＳＰ九ミリ銃……」

「いい目をしてるな、警部補」

「それに、許可なく持ち歩くのを禁じられている大振りのナイフ」アルシアは続けた。

「さらに、鍵をこじあける道具も持っているらしいわね」

「役に立つ道具だからね」彼女がこういうムードのときに、この問題を長々と論じたくなかった。「俺は君が疲れて帰ってくると思った。帰ったら温かい食事と冷えたワインが待っているなんてことがあってもいいだろうと思った。こんなことをしたら君が頭から湯気を立てるだろうとも思った。だが、考えた。俺のリングイネを味わえば君の怒りはきっと解けるだろうってね」

ちょっと目をつぶったらすべてが霧のように消えているかもしれない、とアルシアは思い、実際に試してみた。だが、目を開けるとコルトはまだそこにいて、にやにやしていた。

「あなたのリングイネ？」

「リングイネ・マリナーラ。気高い我が母君のレシピと言いたいところだが、おふくろは卵一つゆでたことがないんだ。ワインはどう？」

「ええ、いいわね」

「じゃあ、こっちへ」コルトはキッチンに戻った。

とっちめるのは、あとでもいいわ。アルシアは彼についていった。すばらしいにおいがしている。

「君は白が好きだね」彼はアルシアの一番上等のクリスタルのグラスにワインを注《つ》いだ。

「こくのあるイタリアワインだ。大胆にして上品。これなら俺のソースの味を損なう心配はない。気に入ってくれるといいが」

アルシアはコルトの求めに応じて軽くかちりとグラスを合わせ、一口飲んだ。天国の美酒……。

「ナイトシェイド、あなたはいったい何者？」

「百の魅力をそなえた男さ。あっちへ行って座らないか？　君は靴を脱ぎたいだろうし」

そうしたかったが、アルシアは意地でも脱ぐまいと心に決め、そのままリビングへ行ってソファに腰を下ろした。「説明して」

「さっきしたぜ」

「もし弁護士の費用が払えない場合は……」

「まったく君には参るな」コルトは大きなため息をつき、彼女の隣にだらりと座った。

「オーケー、こんなことをした理由は二つだ。まず、君は俺の仕事のためにかなりの時間を割いてくれて……」

「それは私の――」

「仕事？」コルトはあとを引き取って言った。「かもしれないが、人に勤務時間外にまで食いこむほど手間をかけたときには、感謝の気持を表すために、せめて夕食の支度ぐらいすべきだと思ったんだ」

とてもよい心がけだ。だが、アルシアはそう口に出すつもりはなかった。「前もって言ってくれればよかったでしょう」

「急に思い立ったのさ。君だって衝動に突き動かされることがあるだろう？」

「図に乗らないで」

「わかったよ。もう一つの理由だが、リズのことが頭から離れず、いてもたってもいられなかったんだ。料理でもすれば気分転換になると思ったが、マリアがこんろの前を譲ってくれそうもない。で、君のことを考えた」コルトは手を伸ばし、アルシアの髪のカールに指を絡めた。「よく君のことを考える。というわけで、単純に、君と一緒に夜を過ごしたいと思ったんだ」

しだいに怒りが萎《な》えてくる。アルシアは、キッチンから漂ってくるおいしそうなにおいのせいだと思おうとした。だが、そうでないのはわかっている。「で、あなたは私の家に無断で入りこみ、プライバシーを侵害したわけね」

「かき回したのはキッチンの戸棚だけだ。ほかのところものぞいてみたい気はしたが」コルトは正直に言った。「キッチン以外には首を突っこんでない」

アルシアは顔をしかめ、グラスの中のワインを回した。「あなたのやり方は気に入らないわ、ナイトシェイド。でも、あなたのパスタ料理は気に入るかもしれない」

いまコルト・ナイトシェイドは、色あせたジーンズとシャンブレーのシャツという格好で、銃とナイフで武装したまま、キャンドルライトのもとでパスタを給仕してくれている。アルシアは別に自分をロマンティストだとは思わないし、こんな陳腐な罠《わな》にはまるほど愚かではなかった。けれど、なんだかおかしくて意味もなくうれしい。

一皿平らげてお代わりをするころには、捜査状況についてコルトに話していた。明日中に鑑識からビデオに関する報告が来るはずであること。〈クランシー〉のバーテンダーには見張りをつけていること。覆面捜査官を街に立たせることになったこと。

コルトも自分のほうの情報をいくつか提供した。彼は午後、街の女に何人か当たってみたのだ。彼の魅力ゆえか、あるいは賄賂《わいろ》が効いたのか、レイシーと呼ばれていた女がこの数週間いつもの場所に出ていない、という話を聞き出した。

「彼女は連中の好みに合致する」彼はアルシアのグラスにワインを注ぎ足した。「若くて小柄だ。髪はブルネットだが、よくブロンドのかつらをつけてたそうだ」

「男《ヒモ》はいたの？」

「いや、一人で商売をしていた。彼女が借りていた部屋にも行ってみた」コルトはガーリックブレッドを二つに割って半分をアルシアに渡した。「大家と話したが、まったくいいやつだったよ。二週間家賃が滞ったから、彼女の荷物はさっさと処分したそうだ。金目のものは押収して、残りはごみに出したんだって」

「風俗犯罪取り締まり班の誰かに、彼女のことを知っているかどうかきいてみるわ」

「ああ、頼む。社会復帰施設もいくつか当たってみた。リズの写真と例の似顔絵を見てもらったんだ」コルトは顔を曇らせ、皿のパスタをつつき回した。「誰もリズに見覚えがなかった。施設の子たちの一人一人に絵を見てもらうのは、けっこう大変だった。みんな悪ぶったりふてくされたりしていたが、目が一様におどおどしていた」

「そういうときには、こっちがぴしっとした態度をとらなくてはだめなの。その子たちのほとんどが麻薬やアル中で崩壊した家庭の出だったり、家庭内暴力や性的虐待を受けたりしてきているわ。あるいは彼ら自身が自ら悪に染まって、どうしたら抜け出せるのかわからないでいる」アルシアは肩をすぼめた。「いずれの場合も逃げ出すのが一番の策よ」

「リズの場合は違った」

「そうね」彼のために話題を変えたほうがいい。少しの間でも。アルシアは皿に残った最後の一口をかき寄せた。「ねえ、ナイトシェイド、あなた冒険家ごっこはやめて、仕出し屋を始めるべきよ。きっと一財産築けるわ」

コルトは彼女の思いやりを察し、調子を合わせようと努めた。「こぢんまりした家庭のパーティ専門ならいいな」

アルシアはちらと彼の顔を見た。「世界一おいしいリングイネの作り方を気高い母上から習ったのじゃないとすると、いったい誰から?」

「うちにはミセス・オマリーという、すばらしいアイルランド人のコックがいたんだ」

「アイルランド人のコックが、あなたにイタリア料理を教えたの?」

「ミセス・オマリーはなんでも作れたんだ。ラムシチューからチキンの赤ワイン煮までね。彼女はよく言ったものさ。コルト坊っちゃん、自分のおなかを自分で満たせるようにしておくのが身のためですよ。胃袋の世話は女に任せときゃいいなんて、思い違いもいいとこです」コルトは思い出してにやりとした。「悪さをして叱られると――そんなことはしょっちゅうだったが、彼女は俺をキッチンに座らせ、諭すついでにチキンの骨の抜き方のこつをレクチャーしてくれた」

「絶妙な組み合わせね」

「行儀は身につかなかったが、チキンポット・パイならお手のものだ。いまから十年くらい前のことだが、ミセス・オマリーが年を取って辞めると、おふくろはお先真っ暗という状態になった」

　グラスを傾けながらアルシアはちょっとほほ笑んだ。「で、次のコックとして雇われたのね」

「行儀の悪いフレンチ・シェフさ。それでもおふくろは俺を愛している」

「ワイオミングのフレンチ・シェフ」

「俺はワイオミングだが、家族はヒューストンに住んでる。そのほうがうまくいくんだ。君の家族は？　この地方の人なのかい？」

「家族はいないわ。で、法律の学位はどうなったの？　なぜ資格を生かした仕事をしないの？」

「したことがないわけじゃない」コルトはアルシアの顔をうかがった。彼女はこっちの質問をいやに急いで片づけた。あとでもう一度突っこんでみよう。「長時間を法律文書に顔を埋《うず》めて過ごすのも、口八丁で法の網目をくぐり抜けるのも、俺には向いてないとわかったんだ」

「それで空軍に入ったわけ」

「俺は一つの型にはまるのが嫌いだ。自分が気に入ったことをしていられるくらいの金はあるしね」

「ときには飛ぶ」コルトは笑みを浮かべた。

「でも、あなたはパイロットじゃないでしょ」

「飛ぶのを覚えるにはいいからね」

それがいいことだとは言いきれない。「それで、あなたは空軍も気に入らなかったの？」

「しばらくは気に入っていたが、やがていやけがさした」コルトは肩をすくめて椅子にもたれた。キャンドルの火が瞳にちらちら映っている。「だが何かしらは学んだ、ミセス・オマリーから学んだようにね。寄宿学校やハーバード大でも学んだし、タルサで出会った先住民の馬の訓練師からも学んだ」

「鍵のこじあけ方は誰から学んだの？」

「ずっと根に持つつもりかい？」コルトは身を乗り出してアルシアの髪にちょっと手を触れた。そしてまたワインを注いだ。「軍にいたときにさ。俺が所属していたのは、いわゆる特殊部隊だった」

「秘密工作部隊」アルシアは、より明確な言葉に置き換えた。「あなたの記録の多くが機密事項になってるのはそのためだったのね」

「古い話さ。いまとなっては極秘扱いの必要はないはずだが、一事が万事、役人ってのは何につけ赤い紐《ひも》でくくって秘密にするのが好きなんだ。俺の任務は情報の収集やら攪乱《かくらん》やら、そのたぐいのいろいろだった」コルトは一口ワインを飲んだ。「手始めに何か人のためになることをしたかったんだが、あいにく政権を握っている連中のためにしかならなかった」

「あなたは組織が嫌いなのね？」

「実りのある仕事が好きなんだ」一瞬コルトの目がかげった。「むなしい例をいやというほど目にした。で……」彼は肩をすくめ、口調を変えて続けた。「辞めたのさ。馬と牛を何頭か買って牧場ごっこを始めた。しかし人間の性質というのはなかなか変わらないらしい。いまもまた、人のために動き回っている」

「こう言う人もいるかもしれないわ――あなたは大人になっても自分のしたいことを見つけられずにいる」

「だろうな。本当にそうかもしれない。君はどうなんだい？　アルシア・グレイソンの裏話は？」

「映画に売るような話は何もないわ」アルシアはくつろいでテーブルに肘をつき、グラスの縁に指を走らせて音楽を奏でた。「十八歳で迷わず警察学校に入ったわ。寄り道はなし」

「なぜ？」

「なぜ警官になったか？　そうね……私は組織が好きなの。組織は決して完璧《かんぺき》ではないけれど、よく知れば活用できる。それに人々は法が正しく行使されることを願っているわ。

たくさんの人間が闇《やみ》の迷路であがいている。一人でも引っ張り出せれば、それは意味があることだわ」

「そのとおり」いつの間にかコルトはアルシアの手に自分の手を重ねていた。「ボイドの下ならきっちり仕事をやれる。ついこの間まで、俺にとって信頼に足る警官は彼だけだった」

「それは私へのお世辞みたいね」

「お世辞じゃなくて本当さ。君とボイドはいろいろな面で似ている。すべてを見抜く力があり、すこぶる勇気があって、常に思いやり深い」コルトは微笑し、彼女の指をもてあそんだ。「俺たちが屋上から救い出したあの女の子、俺も様子を見に行ってきた。あの子は、人形を持ってきてくれたきれいな女の人のことをしきりと言ってたよ」

「アフターケアよ。あれも私の仕事の――」

「まさか」コルトは彼女の返事にうれしくなり、手を持ち上げてキスをした。「仕事とはなんの関係もない。君の気持から出たことさ。シア、心やさしい警官は立派な警官だ」

この話がどこへつながるのかわかっていた。だが、アルシアは手を引っこめなかった。

「子供にやさしいからといって、あなたにもやさしいかどうかわからないわよ」

「いや、俺にもやさしい。わかってるんだ」コルトはささやき、唇を彼女の手首に這《は》わせた。脈は乱れずに打っているけれど、速い。「これからもっとわかってくる」

「でしょうね」当然のことを否定しても仕方なかった。「でも、だからってどうなるわけでもないわ。私は魅力を感じる男なら誰とでも寝るって主義じゃないの」

「そいつはうれしい。それは、寝るよりもっとしたいことがあるってことだな」コルトは笑ってもう一度彼女の手にキスをした。「つまり、二人が一緒にベッドに入ったら、眠りを優先するわけにはいかなくなるってことだ。だったらいまのうちに眠っておいたほうがいい」彼は腰を上げた。「おやすみのキスをしてくれないか。そしたら君をぐっすり寝かせてあげるよ」

アルシアが意外そうな目をしたので、コルトはにやりとして自分を褒めてやった。

「誘惑しようなんて下心から君のために夕食を作ったんじゃないよ」おおげさなため息をつき、頭を振る。「俺は傷ついた。こなごなになりそうだ」

アルシアは笑った。「ナイトシェイド、ときどき、もう少しであなたを好きになりそうになるわ」

「ということは、あと一押しで君は俺に参るってことか」コルトは彼女を抱き寄せた。一瞬、胸の奥が熱くうごめいた。「デザートも作っておいたら、俺の前にひざまずいたかもしれないな」

アルシアはにんまりした。「残念だったわね。カヌレを前にすると私がすごく獰猛《どうもう》な女になるって、みんな知ってるのに」

「それをよく頭に刻んでおこう」コルトは軽くキスをし、ほほ笑んでいる彼女を見つめた。心臓が飛び跳ねる。「きっと近くにイタリアン・ペストリーを売ってるベーカリーがあるはずだ」

「はずれ」アルシアは彼の胸に手をやり、幕間《まくあい》のお芝居はこのへんでおしまいにしようと自分に言い聞かせた。「今夜はごちそうさま」

「どういたしまして」コルトはまだ彼女を見つめていた。象牙《ぞうげ》のような肌の奥まで、華奢《きゃしゃ》な体つきの中まで、見透かそうとするようにじっと目を凝らす。ひそかに何かが起こりつつあるのを彼は感じた。「君の目の中には何かがある」

「何かって?」

「わからないが」言葉を選ぶようにコルトはゆっくりと言った。「ときどきそれがちらっと見える。そういうときには、君はいままでどこにいたんだろう、俺たちはこれからどこへ行くのだろうか、と思う」

胸が苦しくなり、アルシアは詰まった息をそっと吐いた。「あなたはもう帰るんでしょう」

「ああ、あと一分したら。だが、君に美しいと言うぐらいの暇はある。そんな言葉は聞き飽きているだろうし、つまらない台詞《せりふ》くらいにしか思わないだろう。それでもいいんだが、しかしそれじゃすまない何かがあるような気がする。そう思うのはこれが最初じゃないいんだ」コルトはなおも彼女の目の中を探った。「アルシア、君は何を隠しているんだ?」

「何もないわ。あなたは人の裏を探るくせがついているのよ」

「いや、君の中には何かがある」コルトは彼女の頬にそっと手を置いた。「そして俺は手に負えない問題を抱えている」

「問題って?」

「これさ」

コルトの唇が下りてくると体中の力が抜けてしまった。激しく求めもしない、性急でもないキスだった。けれど強烈に感情を揺さぶった。彼の思いがどこまでも覆いかぶさってくる。アルシアはその思いに満たされた。逃れようもない。彼女は観念して小さくうめいた。堅固を誇った防御線も切れてしまい、再び張り直すのは難しそうだった。

恋に落ちたのではない、と何度も何度も自分に言い聞かせた。よく知りもしない男に恋をするはずがない、と。けれどハートはそんな理屈をとっくに笑い飛ばしていた。

コルトは彼女のかたくなな心が、完全にではないが解けはじめたのを感じた。ただの情熱と呼ぶ以上の、天にも上るほど甘美な思いがあった。そしてこれはコルト自身にとっての発見でもあった。一人の女に——アルシアに——これほどまで頭を占領され、ハートを切り裂かれ、なす術《すべ》もないとは。

「負けそうだ」コルトは彼女の肩を握ったまま体を離した。「急速に負けに向かってる」

「欲張りすぎよ」機知に欠けた返事だったが、それしか頭に浮かばなかった。

「よくわかってる」アルシアの肩がこわばったのを感じて、コルトはしぶしぶ彼女を放した。「こんな気持になったのは初めてだ。口先だけで言っているんじゃない」

アルシアは椅子の背を握り締めた。そこには銃をおさめたホルスターがかけてある。それは仕事のシンボルだ。理性のシンボル、自分の生き方のシンボルだ。「コルト、私たち、あまり深入りするのはまずいと思うわ」

「むしろ、俺たちは浅瀬にいすぎるんだ」

アルシアは自分が喜んで深みにはまりかけている危険をひしひしと感じた。「仕事とプライベートはきっちり分けておきたいの。理性的でいるのが無理なら、あなたはほかの相棒を探したほうがいいわ」

「いままでうまくやってきたじゃないか」コルトはいらだちながら言った。「二人の間の感情をごまかそうとして、つまらない言い訳を引っ張り出すな」

「言い訳じゃないわ。理に従って言ってるだけよ。ひるんでいると言いたいなら、それでもいい。わたしはひるんでいるわ、あなたに。それからこのことに。あなただって、相棒が自分を意識してぼうっとしてるなんて、いやでしょう？」

「人間らしい気持を持つまいと意地を張ってる相棒よりはましだ。仕事とプライベートが分けられないなんて言うな。個人的な問題を抱えていたら、警官として機能しないのか？」

「もしかすると、私は単にあなたと仕事をしたくないのかもしれないわ」

「頑固だな。本当に俺と個人的な関係を持ちたくないなら、それは仕方ない。だが、俺に対して何かを感じるのが怖いからといって、リズの事件から手を引くのは卑怯《ひきょう》だぞ」

「リズのことは心配してるわ、親身に――」

「親身に、だって！」コルトは爆発した。恋をしかかっている相手につれなくされた男の八つ当たりかもしれないが、かまわなかった。「君によくそんなことが言えるな！　規則や手続きで後生大事に身を守るあまり、喜怒哀楽も感じられない君に！　いや、感じられないんじゃない、感じようとしないんだ。その気がないんだ。命を賭《か》けるのは平気でも、ちょっと感情がらみになるとたちまち盾で身をかばう。すべてを頭の中で整理してしまうんだ。そうだろう、シア？　どこかで恐ろしい目にあっているかわいそうな子供がいたって、君にとってはありきたりの一事件にすぎない。単に仕事の一つだ」

「私が何をどう感じようと、あなたにとやかく言われる筋合いはないわ」アルシアはかっとし、椅子をぐいと押しやった。椅子は床にぶつかってがたんと音をたてた。「知ったようなことを言わないで。私の胸中など何も知らないくせに。自分はリズのことがわかっていると思うの？　今日あなたが話をした街の女たちのことがわかっていると思うの？　駆けこみシェルターや施設をいくつか回って、それでわかったつもり？」

アルシアの目は、涙ではなく激しい怒りでぎらぎら光っていた。コルトはその怒りを浴びせられて立っているしかなかった。「助けを必要としている子供たちがたくさんいるのはわかっている。充分な援助がなされていないことも」

「あら、援助なら簡単よ」アルシアはうろうろと室内を歩き回った。「小切手を切って、法案を通し、スピーチをする。でもそんなこと、ほとんどなんの役にも立たないわ。一人ぼっちで顧みられない寂しさがどんなものか、恐怖というのがどんなものか――世間は寄る辺ない子供を非人道的な施設に放《ほう》りこむけれど、その仕組みの中にとらわれるのがどんな気持か、あなたには想像すらできっこないわ。私は人生の半分以上をそういうところで過ごしたのよ。どこにも行く当てがなくても家を飛び出さずにいられない気持は、よくわかるわ。見つかって連れ戻され、虐待され、でもどこへも助けを求められない。それがどれほど悲惨で恐ろしいことか、私はいやというほどわかってる。でも、リズには愛してくれる家族がいるわ。だから彼女を家族のもとに返してやりたい。なんとしても返してやらなくちゃ。そうすればリズは、二度と忌まわしい罠にはまることはないはずよ。これでわかった？　ありきたりの一事件だなんて、あなたに言われたくないわ。私は本当に心配してるのよ」アルシアは言葉を切り、震える手を髪にやった。決まり悪さと怒りと、いまはどっちが大きいかわからない。「もう帰ってくれない？」彼女は声を落として言った。「帰ってほしいの」

「座れよ」アルシアが黙っているので、コルトはそばに行き、無理やり椅子に座らせた。彼女は震えている。自分のせいだと思うと、大事な壊れやすいものにこぶしを振るってひびを入れてしまったような気がした。「悪かった。一日のうちに同じ相手に二度謝るなんて、俺には新記録だ」彼女の髪に触れようとしたが思いとどまった。「水を飲むかい？」

「いいえ。あなたに帰ってほしいだけ」

「それはできない」コルトは彼女の前の足のせに腰を下ろした。「アルシア……」

アルシアは体を引いて目をつぶった。山の頂上に駆けのぼり、一気に飛び下りたような気分だった。「身の上話をする気分じゃないわ。それを待っているなら無駄よ。ドアがどこかは知ってるでしょう」

「そのことはまたの機会に」コルトは彼女の手を取った。もう震えてはいない。だが冷たかった。「ほかのことを話そう。いま、二つの問題がある。第一はリズを見つけることだ。あの子を悪の手から助け出さなければならない。俺一人でもやれるだろうが、それでは時間がかかりすぎる。すでにかなりの日数がたってるんだ。君の手を借りなきゃならない。なぜならそのほうがはるかに早く情報を集められるし、それに君の仕事を信用しているからだ」

「そうね」アルシアは緊張を取り除こうと、目をつぶったままでいた。「リズを見つけ出しましょう。明日がだめならあさって。でも必ず見つけ出すわ」

「第二の問題だが」コルトは自分の手と彼女の手に目をやった。彼女の腕時計が時を刻んでいる。「俺は、その……これは俺にとって未知の分野だから、言うに際して穏当に一つの意見として……」

「ナイトシェイド」アルシアは目を開いた。その目にはかすかな笑みが浮かんでいる。

「あなた、法律家みたいな口調になってるわよ」

コルトは顔をしかめた。「侮辱したりはしないだろうな、君に恋してしまったらしいと告白しても」

アルシアは飛び上がった。もし俺が銃を抜いたとしてもこれほどおびえはしなかっただろう、とコルトは思った。牧場を賭けてもいい。恋と言ったとたん、彼女は優に十センチは椅子から飛び上がった。

「落ち着けよ。一つの意見としてと言ったろう。安全地帯を設けたつもりだ」

「私には地雷原も同様だわ」アルシアは手を引っこめた。また震え出しそうな気がしたからだ。「いまの状況を考えると、このことは当分棚上げにしておくのが賢明のようね」

「今度は君が法律家みたいな口をきいてる」コルトはにやりとした。「いやに縮み上がってるじゃないか。こっちの身にもなってくれ。はっきりしたほうがやこしくなくなるだろうと、思いきって言ったんだ。俺はきっとインフルエンザか何かにかかっているにちがいない」

「そうかもしれないわ」アルシアは笑いをのみこんだが、軽薄なくすくす笑いのように聞こえたかもしれないと思い、ぞっとした。「水分をたくさんとってゆっくり休むことね」

「そうしよう。だがインフルエンザでもほかの菌のせいでもなかったら、別の処置を考えなくては。だが、いずれにしろ、第一の問題が片づくまで待とう。それまでは、恋だの愛だの、それにともなうこと――たとえば結婚とか、家庭とか、車が二台入るガレージなんかについては言わないことにするよ」

アルシアはまさにあっけにとられた様子だ。目を大きく見開き、口をぽかんと開けている。こんな彼女を見たのはこれが初めてだ。ほんの軽く突いただけで、嵐《あらし》の中の若木のように倒れそうだ。

「漠然とした話をしただけで君が卒倒しかけるとは思わなかった」

「あ……」アルシアは開いた口をなんとか閉じ、唾《つば》をごくんとのみこみ、やっと言った。「あなた、頭がどうかしてるんだと思うわ」

「俺もそう思う」それがなぜこんなにうれしいのかわからないが。「というわけで、俺たちはまず悪者退治に専念しよう。それでどうだ?」

「賛成、と言ったら?」

コルトは手を差し出した。「じゃあ、相棒」二人は真面目《まじめ》な顔で握手した。「そうと決まったら、どうだ、これから――」

そのとき、電話のベルが邪魔をした。アルシアはコルトの脇《わき》をすり抜け、キッチンの受話器を取った。彼はいま言いかけたことを思って微笑し、独りよがりの展開を思い描いた。だが想像が完結する前にアルシアが戻ってきた。彼女は椅子の位置を直し、ホルスターをつかんだ。「あなたもよく知ってるレオよ、例のバーテンダー。裏でコカインを売ってた容疑でつかまったわ」ホルスターを装着しながら彼女は戦う警官の顔に戻っていた。「署に連行して尋問するところですって」

「一緒に行く」

「ついてくるのはいいわよ、ナイトシェイド。ボイドの許可があれば、ガラス越しに見ることはできるかもね。でも、それ以上はだめ」

コルトはいきり立つ気持を抑えた。「立ち合わせてくれ。口はしっかり閉じてる」

「笑わせないで」アルシアはドアに向かう途中でバッグを取った。「それで我慢するか、あるいはバイバイか、どちらかよ、相棒」

コルトは悪態をつき、うしろ手にドアを叩《たた》きつけて閉めた。「我慢する」

7

コルトはマジックミラーのうしろでじりじりしていたが、アルシアの仕事ぶりを見ているうちに、しだいにいらだちが薄らいでいった。粘り強く、細部からきっちり押さえていく尋問の仕方はなかなかのものだ。彼は舌を巻いた。細心であると同時に非常に手厳しい。アルシアは決して振り回されなかった。レオがどんなに毒づき口汚く罵《ののし》ろうと、凄味《すごみ》をきかせようと、彼女は表情一つ変えず、声を荒らげもしない。

ポーカーのときもそうだった、とコルトは思い出した。冷静沈着で、ゲームが終わるまで感情の揺らぎをちらとも見せなかった。それでも彼には、固い殻の奥にある女としてのアルシアが少しずつ見えてきていた。

実際コルトは、抑制のきいた警部補の中からさまざまな感情が出てくることに驚いていた。怒り、情熱、同情、ショック……。だが、まだ表面をちょっと引っかいただけだ。彼女の中には、もっともっと豊かな喜怒哀楽が秘められているはず。それらを知り尽くすまであきらめはしない。

「長い夜だな」

ボイドが湯気の立つコーヒーのマグを二つ持ってコルトのうしろに来た。

「もっと長い夜もあったよ」コルトはマグを受け取って一口飲んだ。口がひん曲がりそうに苦い。「尋問のときにはいつも見に来るのかい?」

「個人的に興味があるときにはね」ボイドはしばらくアルシアをながめた。彼女は冷静だ。落ち着いて座っている。レオのほうはぎくしゃくした手つきでたばこに火をつけ、ちょっと吸ってもみ消した。「何かわかったか?」

「やつはまだ、じたばたしてる」

「彼女はしぶとい。あいつはそうは持ちこたえられないだろう」

レオが不快きわまりない言葉をわめいたので、二人は話をやめた。記録するからいまの発言を繰り返してもらえないかしら、とアルシアが応じている。

「泰然自若」コルトは感想をつぶやいた。「フレッチ、ねずみの穴の前に座っている猫を見たことがあるか? そういうとき猫はただじっと座ってるんだ。ほとんどまばたきもせずに、たぶん何時間でも。穴の中のねずみは半狂乱になってくる。猫のにおいはするし、二つの目がひたとにらみ続けているからね。やがて脳が緊張に耐えきれなくなるんだろう、ねずみは自分から猫に向かって突進する。猫はちょんと足を前に出すだけ。それで一巻の終わりだ」そう言うとまたコーヒーを飲み、マジックミラーのほうへ顎をしゃくった。

「あそこにいるのは、とびきりすてきな猫だ」

「短い間に、彼女のことがかなりよくわかったみたいだな」

「まだ糸口くらいなものさ」コルトは独り言のようにつぶやいた。「内面のベールをはぐのに、服を脱がせるのと同じくらいわくわくさせられる女なんて、初めてだ」

ボイドはコーヒーをにらんで眉を寄せた。アルシアは大人だ、と自分に言い聞かせる。他人がおせっかいをやく問題じゃない。コルトと彼女がキッチンで抱き合っているのを発見して、にやりとしたことをボイドは思い出した。しかし、面白がっている場合じゃない。二人が一足飛びに肉体関係まで進んだ場合、終わったときには両方ともひどく傷つくだろう。そう思うと気がもめた。

コルトが女心をつかむのがうまいのを考えると、いっそう心配だ。その才能はボイドにもそなわっており、二人ともそれを発揮しておおいに楽しんだ時期もあった。だがこれは一般的な女の話ではない。アルシアのことだ。

「君の言うとおりだ」ボイドは慎重に言った。「シアは特別だ。どんなときにもひるまない」

「行動力もある」

「そう。だからといって彼女に弱いところがないわけじゃない。僕は彼女が傷つくのを見たくない」

コルドはちょっと驚いた。「警告か？　同じようなことを言われた覚えがあるな。ずっと昔に、お前の妹のナタリーのことで」

「シアは僕の家族も同然だ」

「で、俺《おれ》が彼女を傷つけると思っているのか？」

ボイドはため息をもらした。楽しい話ではない。「言っておくが、もしそうなったら、あざの二つや三つじゃすまないと思ってくれ。悪いけど、ただじゃおかない」

コルトは承知してうなずいた。「最後に殴り合ったときはどっちが勝ったんだっけ？」

ボイドの胸には苦いものがよみがえったが、ついにやりとした。「たしか引き分けだった」

「思い出した。あのときも女のことでだったな？」

「シェリル・アン・マディガンさ」ボイドの口からもれたのは、郷愁のため息だった。

「小柄なブロンドだった」

「いや、のっぽのブルネットだ。大きな青い目の」

「そうそう」コルトは笑って頭を振った。「かわいいシェリル・アンはどうなったんだろうな」

二人は思い出にふけりながら、しばらく黙っていた。スピーカーからアルシアの、静かに、しかし厳しく尋問する声が聞こえている。

「アルシアとシェリル・アンは全然違う」コルトは言った。「彼女を傷つけるつもりは毛頭ない。だが、そういう結果にならないと約束はできない。ただ言えるのは、フレッチ、俺は初めてこっちが傷つきそうな女性にめぐり合ったんだ。彼女に恋しているんだと思う」

ボイドはコーヒーにむせてシャツにこぼしそうになり、急いでカップを置いた。そして一呼吸ついてから耳を叩《たた》いた。「もう一度言ってくれないか。よく聞こえなかった」

「ちゃんと聞こえたはずだ」コルトはつぶやいた。こんなときに俺をからかいたいなら勝手にしろ。「彼女も君とそっくりの反応を示したよ」

「シアに言ったのか？」ボイドは片方の耳を尋問のほうに向けながら、この驚くべき臨時ニュースを頭に入れようと苦労した。「彼女は、なんて？」

「たいしたことは言わなかった」

コルトの声はいまいましげだった。ボイドは笑いたくなるのをこらえて舌先を噛《か》んだ。

「少なくとも君の面前で大笑いしなかったわけだ」

「全然おかしがっている様子じゃなかったな」コルトは大きく息をつき、ボイドが気をきかせてコーヒーにブランデーをたっぷり入れておいてくれたら……と思った。「固まったように座って、青い顔で唖然《あぜん》として俺を見てた」

「それはいい兆候だ」ボイドは慰めるようにコルトの肩を叩いた。「彼女が色を失うなんて、めったにあることじゃない」

「はっきりさせておいたほうがいいと思った。わかるだろ？　そうすれば双方、それについて考える時間が持てる」コルトはマジックミラーの向こうのアルシアを見て微笑した。彼女は相変わらず涼しい顔で静かに座っている。レオはカップをつかんで水を飲んだが、その手はぶるぶる震えていた。「だが俺のほうは、どうするかもう決まっている」

「どう決まっているんだ？」

「ある朝――その朝はごく近いうちに来るはずなんだが――目を覚まして、脳卒中か何かを起こしていなかったら、彼女と結婚する」

「結婚する？」ボイドはのけぞって笑った。「君とシアが？　頼むよ、シーラに話すまで待ってくれ」

　コルトは恐ろしい目でにらみつけたが、ボイドはいっそう笑っただけだった。

「いいサポートをしてくれるよな。感謝の至りだ」

　ボイドはこみ上げる笑いをこらえようとしたが、真顔ではいられなかった。「真剣なんだな、隅から隅まで。しかし〝結婚〟という言葉とコルト・ナイトシェイドが結びつくことがあるとは、夢にも思わなかった。アルシア・グレイソンにしても同様だ。まったく、いまのいままで」

尋問室の中のアルシアはじりじりと獲物を追い詰めていた。相手のおびえを嗅《か》ぎつけると、容赦なくそこを突く。

「ねえ、レオ、ちょっと協力してくれたほうが結局得だと思うわよ」

「賄賂《わいろ》をつかませてくれるのかい、ワイルド・ビルにやったように？」

アルシアは頭をかしげた。「もっといい提案よ。護衛してあげるわ」

「結構なこった」レオはせせら笑い、鼻から煙を吹き出した。「二十四時間おまわりを尻にくっつけておくなんてごめんだ。そうしたとして、なんの役に立つって言うんだ？」

「立たないかもね」アルシアは投げやりな言い方をした。これも一つの手だ。そしてレオがもぞもぞしはじめるまで黙っていた。「でも、そうは言っても、協力しなければ身を守るものもないってことよ。あなたは丸腰でここを出ていくわけだから」

「運に賭《か》けてみるさ」

「それもいいわね。麻薬売買の件については保釈金を払って出るつもりなんでしょう。でも、なぜか人の口に戸は立てられないものよ。そう思わない？」アルシアはレオの脳みそが働く暇を与えた。「あなたが引っ張られたって話は、すでに連中の耳に入っているんじゃないかしら。いまここを出ていったら、彼らはあなたが何かもらしたにちがいないと勘ぐるに決まってる」

「俺はしゃべっちゃいねえ。何も知らねえんだ」

「それは残念。なぜって、しらを切りとおしたところであなたにはなんの得もないからよ。いいこと、調べは進んでいるのよ」アルシアはおもむろにファイルを開き、例の似顔絵を取り出した。「彼らは、警察があなたからこの容疑者たちの人相を聞き出したと考えるでしょうね」

似顔絵を目にしてレオの額に汗が噴き出した。「こんなやつらは見たこともねえよ」

「かもしれないわね。でも、あなたは私と話をした。かなり長くね。そして私は容疑者の似顔絵を持っている。どういうことかわかるわね、レオ?」アルシアは身を乗り出した。

「二プラス二イコール五って計算する人間もいるわ。めずらしくない話よ」

「それは違法だぜ」レオは唇をなめた。「脅迫だ」

「私を怒らせないほうがいいわよ。あなたは私といい関係でいたいはず」アルシアは彼のほうへ似顔絵を押しやった。「一つのものの見方を言っただけよ。あなたがここを出たとたんに消されたって、私はちっともかまわないわ。すぐにそうしたっていいのよ」アルシアは微笑してレオを震え上がらせた。「もし協力してくれるなら、あなたが幸福に長生きできるように最善を尽くす用意があるわ。このデンバーでは無理としても、別の土地でね。考えてみて、レオ。新規まき直しのチャンスよ。名前を変え、人生を変えるの」

彼の目が動いた。「証人保護制度ってやつか?」

「そういうこと。でも、その手続きをするためにはまずポンプに呼び水を注がないことにはね」レオはためらっている。アルシアはため息をついた。「どっちを取るのもあなたの自由よ。ワイルド・ビルがどうなったか覚えているでしょう？　彼は男と話していただけで殺《や》られた。スーパーボウルのブロンコスの勝率の話をしていただけかもしれないのに」

恐怖がぶり返し、レオのこめかみを汗が伝った。「免責特権を取るよ。その代わり麻薬の嫌疑は、なしにしてくれ」

「レオ、レオ……」アルシアは頭を振った。「賢い選択をしたわね。あなたがいい話をしてくれたら、こっちもちゃんとお返しをするわ。それがアメリカ式ってものよ」

レオはまた唇をなめ、たばこに火をつけた。「この二人を見たことがある」

「この二人？」アルシアは似顔絵を叩いた。そしてコルトの言う猫のように、即座に獲物をとらえた。「話してちょうだい」


午前二時、尋問が終了した。それまでアルシアはレオのだらだらした話に耳を傾け、メモを取り、前に戻って繰り返させ、さらに突っこんだ。そのあとで速記者を呼び、レオにもう一度話をさせ、さらに正式な供述として録音を取った。

彼女は意気揚々と自分のオフィスに戻った。容疑者の名前がわかった。名前があればコンピューターで調べられる。捜査の糸口をつかんだのだ。か細い糸かもしれないが、手がかりにはちがいない。

レオの話のほとんどは憶測か噂話《うわさ》だったが、もっと少ない情報から捜査が実ることもある。アルシアはジャケットを脱ぐとデスクに向かい、コンピューターを起動させた。するとコルトが入ってきて、ディスプレーを見ている彼女の鼻先にカップを突きつけた。

「ありがとう」アルシアは一口飲んで顔をしかめた。「これ、なんなの？　野原みたいな味ね」

「ハーブティー。コーヒーは飲みすぎだろうから」

「ナイトシェイド、こんな世話をやいてくれたりして、私たちの関係をだめにするつもり？」アルシアはカップを置いて、またディスプレーに戻った。

「興奮してるな」

「システムがこみ合わないうちにやってしまいたいのよ。時間がないって始終言ってるのはあなたのほうじゃなかった？」

「そのとおり」椅子のうしろに立っていたコルトは彼女の肩をもみはじめた。「君はレオを相手に一仕事した。もし俺が法律の仕事に戻るとしたら、君を顧客にはしたくないな」

「お褒めにあずかりまして」コルトの指は魔法のようだった。刺激的すぎず、やさしすぎず、凝りをほぐしてくれる。「満足はいかないにしろ、レオが知っていることはすべて聞き出せたはずよ」

「あいつは小物だ。ちょっとした仕事をして手数料を稼いでいた」

「彼は首謀者が誰なのか知らない。それはまず本当でしょうね。似顔絵の二人についてはよ知っていた。大男のアフリカ系アメリカ人のカメラマン……ほら」アルシアはディスプレーを指さした。「マシュー・スコット、別名ディーン・ミラー、またの名をタイダル・ウェーブ・ディーン」

「津波のディーン、か。受けそうな名前だな」

「十年ほど前、彼はセミプロのフットボールチームでプレーしていた。不必要な乱暴行為により追放。相手のクオーターバックの脚を折ったんですって」

「よくあることじゃないか」

「ゲームのあとでよ」

「立派なスポーツマンだ。ほかには？」

「話してあげるわ。私がつかんだことをね」

だが、マッサージの気持よさに抗しきれず、アルシアはつい椅子にもたれかかった。

「彼はトレーニングをさぼり、部屋に女性を連れこんで、チームをくびになったの」

「男の子のいたずらは治らないものだ」

「その女性はしばられて悲鳴をあげていた。レイプではなく暴行で処分され、スコットの選手生命は終わり。その後、暴行でさらに何度かと、公然猥褻《わいせつ》罪、酩酊《めいてい》のうえでの風紀紊乱《ぶんらん》、窃盗、それに痴漢行為で引っ張られてるわ」アルシアは別のキーを叩いた。「それが四年前まで。そのあとは何もなし」

「きれいに心を入れ替えたのか？　そして市民の鑑《かがみ》となった？」

「あなたも性善説ね。私、男がヌード雑誌を買うのは中の記事を読んで知識欲を満たすためだと思っているんだけど」

「そう、俺はそれが目的で読む」コルトはにやりとし、アルシアの頭のてっぺんにキスをした。

「そうでしょうとも。もう一人の経歴も似たようなものね。ハリー・クライン。ニューヨーク出身。売れない役者。前科記録は酩酊のうえでの風紀紊乱、麻薬所持、レイプ、飲酒運転で数回。八年前からポルノ映画に出ている。そして……あら、信じられない。暴力と常軌を逸した行為があったという理由で、何度か仕事をくびになっているわ。西部に来てからはカリフォルニアで数回、同様の軽犯罪を犯し、共演者をレイプしたかどで逮捕。それが五年前までで、あとはきれい」

「こっちもか。我々のお友達はどっちも真人間になったのか、それとも鳴りをひそめているのか」

「あるいは、格好の隠れ蓑《かくれみの》を見つけたか。レオに最初に接近してきたのはクラインだったそうよ。二、三年前の話。彼は女を手に入れたがっていた。自主制作映画に興味がある若い女を探しているっていう触れこみでね。レオは女に口をきいて手数料をもらっていたの。

クラインと連絡を取っていた番号は現在使用されていない。電話会社に当たって、ペントハウスの番号だったのかどうか調べるわ」

「レオは、ミーナが言ってた、隅に座っていたもう一人の男とは面識がなかったのか？」

「ええ。彼が会ったのはスコットとクラインだけですって」

「女たちについては？」アルシアの肩の上でコルトの手がこわばった。「やつらが女をどうしたか言ってたか？　すぐに餌食《えじき》にするのか？」

「それは考えちゃだめ」アルシアは思わず彼の手に自分の手を重ねた。「さもないと、きっとまずいことになるわ。私たちは大きな一歩を踏み出した。そのことを考えて」

「わかってる」コルトは背を向けた。「だが、これもわかってる。やつらがリズに手を出していたら、俺はやつらを殺す」彼は首を振り向けた。その目は暗い穴のようだった。

「止めても無駄だ、シア」

「でも、私は止めるわ」アルシアは立ち上がり、こぶしを固めているコルトの手を取った。「あなたの怒りはよくわかるけど、殺したところですでに起こってしまった現実を変えることはできないわ。それでリズの心の傷が消えるわけでもない。その問題は、救い出したあとで」彼女は彼の手を握り締めた。「いまは私と対立しないで、ナイトシェイド。せっかくうまくやりはじめたところじゃないの」

　コルトは一歩下がってアルシアをじっと見た。目はくぼみ、頬は疲労のために青ざめていたが、彼女は生気にあふれている。彼のやりきれない怒りは、慰めを求める人間らしい欲求に変わった。

「アルシア……」コルトはこぶしを解いた。「抱いてもいいか?」

アルシアの眉が跳ね上がる。コルトは微笑した。

「君のことがだんだんわかってきた。署内で男と抱き合うなんてとんでもない、警官としての沽券《こけん》に傷がつく――君はそれを恐れているんだね」そこでため息をつき、彼女の髪をそっとなでた。「しかし警部補、午前三時に君を見てる者などいやしない。それに君を抱くことが俺にはどうしても必要なんだ」

アルシアは心の命ずるままに従い、コルトの腕に身をゆだねた。彼の肩のくぼみに頭を埋《うず》めながら思った。こうするたびに、とてもしっくりとした気持になる。こうするたびに、そう認めるのがたやすくなる。

「気がすんだ?」

「ああ。レオは姿を消したレイシーのことは、何も知らなかったのか?」

「ええ」アルシアはコルトの背中をなでた。さっき彼がそうやって緊張を解いてくれたように。「殺された可能性があると言ったら、心底震え上がっていたわ。あの反応は演技じゃない。だから、レオは知っていることを全部吐いたと確信したの」

「例の、山の中の隠れ家に関しては?」

「ボールダーの西、たぶん北寄り。それだけわかっただけでも、よしとしなくては。範囲を絞りこみやすくなったわ」

「俺はまったく勘が働かない」

「だとしたら、あなたは疲れているのよ。帰って一眠りなさい。朝、冴《さ》えた頭で始めましょう」

「君と帰るならいい」

アルシアは半分あきれ、半分おかしかった。「あきらめるってことを知らない人ね」

「あきらめると言った覚えはないよ」コルトは両手でアルシアの顔を包み、親指で頬骨をなでた。「君と一緒の時間がほしいんだ。ほかの何かに煩わされず、君のことを、君へのこの気持がなんなのかを考える時間がほしい。いまだけじゃなく、ずっと先のことまで考えたいんだ」

アルシアはたちまち身をこわばらせ、後ずさった。「いまは、その話はやめて、ナイトシェイド」

コルトは手をゆるめてにやりとした。「結婚を考えただけですくみ上がる人間なんて見たことがない。俺を除けば、だが。いったいなぜ――いや、いっそ君をかっさらって指輪をはめてしまってから理由を考えようか。それとも……」彼はじりじりとアルシアをデスクに追い詰めた。「ゆっくりさりげなく事を運んで、地すべり的にうまくこっちのペースに引きこみ、気づいたときには結婚していた、というほうがいいかな」

「どっちもばかばかしいわ」喉に何かが詰まっている。それがおびえのかたまりであることはわかっていた。いまいましい。アルシアは平然を装ってカップを手に取り、ハーブティーを飲んだ。冷えたお茶は冷たい花の味がした。「もう遅いわ。先に引きあげて。私は署の車を使えるから」

「俺が送る」コルトは彼女の顎をつまんで目を合わせた。「シア、ここで君を手に入れるのは簡単だ。だが、君の言うとおり今夜はもう遅い。それに、俺は借りができた」

「借りだなんて――」コルトに唇を奪われて、その先はうめきになった。アルシアは、キスの中に彼の抑えがたい気持を感じ取った。切実な欲望がざらざらしている。だが彼女を打ちのめしたのはそれよりも、傷口を薄く覆う香油のように激しさを包みこんでいる愛情の甘さだった。

「コルト……」ささやきながら、アルシアは我を忘れそうになった。両腕はすでに彼の首に絡まり、誘うように引き寄せていた。

私の体が私を裏切っている。それとも、裏切っているのは私の心？　どちらの渇望のほうが強いのか、もはやわからなかった。二つは分かちがたく絡まり合っていた。倒れまいとしてアルシアは彼の肩に指を食いこませ、ひとときの狂気に身を任せた。

唇を離したのはコルトだった。自分のために、そして彼女のために。彼にとってアルシアは、一時的な満足を満たせればいい相手ではなく、もっと大事な人になっていた。

「俺は君に借りがある。そうでなけりゃ、君をこのまま帰しはしない。とても帰せない」

コルトは彼女の上着をつかんで差し出した。「送るよ。そして俺は、あのときドアに鍵《かぎ》をかけて自然の成り行きに任せたらどうなっていたかと想像して、朝まで悶々《もんもん》と過ごすことになるんだろう」

まだどきどきしながらジャケットを羽織り、アルシアはドアに向かった。けれど、負けたままではあまりに悔しい。彼女は足を止め、振り返ってゆっくりとほほ笑んだ。「どうなっていたか教えてあげるわ、ナイトシェイド。あなたがこれまで経験もしなかったようなことが起こったでしょうね。私がその気になったら――もしも今後その気になることがあればだけれど――証明してあげる」

クールな微笑のパンチを食らい、コルトは長いため息をついた。そして思った。彼女こそ自分の女だ。たった一人の俺の女だ。


四時間の睡眠をとり、ブラックコーヒー二杯とチェリーデニッシュ一個を胃に入れて、アルシアは活動態勢を整えた。午前九時、デスクに向かって電話会社の番号をプッシュし、レオから聞き出した電話番号の所在地を調べるよう依頼した。十五分後にはその回線の所有者の名前と住所、そしてつい二日前に解約されたことがわかった。

無駄足だろうと思ったが捜査令状を請求することにした。そうしているところへコルトが入ってきた。

「尻に苔《こけ》でも生えたのか？」

アルシアは電話を切った。「苔を生やす暇もないわよ。レオが言ってた電話について調べたわ。どうせなんの痕跡《こんせき》も残していないでしょうけど、一時間以内に家宅捜索に取りかかれるわ」

「俺は君のそこが好きだ、警部補。迅速な行動が」コルトはデスクの端に腰を下ろした。彼女は顔色もよく、いいにおいがした。「よく眠れたかい？」

アルシアは挑戦するようにまっすぐ彼を見た。「ええ、熟睡したわ。あなたは？」

「こっちもぐっすりさ。目が覚めたとたん、思いついた。午前中に出発できるか？」

「どこへ？」

「この案はボイドにも通してあるんだが――」コルトは鳴り出した電話をにらんだ。「こいつは一日に何回ちりちり言うんだ？」

「しょっちゅうよ」アルシアは電話を取った。「グレイソンです。ええ、私がアルシア・グレイソン警部補です」彼女ははっと顔を上げた。「ジェイドだわ」受話器を手でふさいでコルトに言う。「二番の電話を。ただし口はしっかり閉じていて」

彼は部屋を飛び出し、近くの電話を取った。

「ええ、あなたを探していたの。かけてくれてありがとう。いまどこにいるのか教えてもらえる？」

「言いたくないんだけど」ジェイドの声は小さく、不安げにぴりぴりしていた。「面倒なことになりたくないからかけただけ。こっちで調子よくいってるの。仕事もあるし。まともな仕事よ。警察に調べられたりしたら、くびになっちゃう」

「あなたにはなんの問題もないわ。お母さんに連絡したのは、いま捜査中の事件についてあなたに助けてもらえると思ったからよ」アルシアは椅子を回してドア越しにコルトを見た。「リズのことを覚えているでしょう、ジェイド？　あなた、彼女の家に手紙を出したわね？」

「そう……出したかも」

「手紙を書くのはとても勇気がいったでしょうね。ああいう状況から抜け出すのも。リズの両親はあなたにとても感謝してるわ」

「リズはとてもいい子だった。彼女は逃げたがってた」ジェイドは黙り、マッチをする音に続いて息を吸う気配が届いた。「でも、あたしは何もしてやれなかった。一緒だったのは一度か二度、それもほんの数分だけだったたし。彼女は家に知らせてほしいと言って、住所を書いた紙をこっそりあたしに渡したのよ。彼女はほんとにいい子で、あんなひどいところにいるのはかわいそうだった」

「だったら協力してくれるわね。リズがとらえられている場所を教えて」

「知らない。ほんとだよ。二、三度山の中に連れていかれたけど。すごい山の中だった。やつらはそこにすごくしゃれた山荘を持ってて、ジャクジーバスや大きい暖炉や、ワイドスクリーンのでっかいテレビなんかがあった」

「デンバーからどっちのほうへ向かっていったか覚えていない？」

「うん、そうね、だいたいなら。ルート36だったかな。ボールダーのほうへ向かって、うんざりするほど遠かったわ。それから小さい道に入って。ハイウェーじゃなかった。二車線でくねくねしてた」

「どこかの町を通った？　覚えていることをなんでもいいから言ってみて」

「ボールダーを過ぎたら、あとは何もなかった」

「出かけた時間は？　朝？　午後か夜？」

「一番最初は朝だった。すごく早く出たの」

「ボールダーを過ぎてから太陽はどっちにあった？　車の前方？　それともうしろ？」

「ええと……うしろだったような気がする」

アルシアはさらに質問を続けた。山荘の周囲の様子やそこで行われたことについて。そして、そこにいた人間について。ジェイドは協力的だったが、記憶は漠然としていた。だが、彼女の言った人相からスコットとクラインがいたことは間違いない。それにやはり、陰で見ている男がいたという。

「薄気味悪い男だった」ジェイドは言った。「蜘蛛《くも》みたいにただじっとそこにいるの。仕事はお金になったから何度かやったわ。一日で三百ドル、二人が相手だと五十ドル余計にくれる。だから……わかるでしょ。街に立ってちゃそんなに稼げないもの」

「そうね。でも、あなたは行くのをやめたのね」

「やつらがすごく手荒いことをしたから。体中あざだらけになって、一度なんか撮影中に唇を切られたのよ。怖くなっちゃった。演技とは思えなかったもの。暴力を振るいたくてやってるみたいだった。そのことをワイルド・ビルに言ったら、もう行くんじゃないって。ビルはそれから女の子を行かせなかった。調べて、もしひどいことをやっているのがわかったら、友達のおまわりに話すつもりだと言ってた。それがあんただって知ってたから、だからあたし電話する気になったの。ビルはあんたなら信用できるって言ってるから」

アルシアは額をこすった。ビルのことは過去形で話すべきだ、とは言わなかった。とても言えなかった。「ジェイド、あなたはあの手紙に、女の子が一人殺されたと思うと書いていたわね」

「きっとそうだと思う」ジェイドの声が震えた。「あたし、裁判で証言なんてしないよ。そっちにはもう戻らないつもり」

「あなたを巻きこまないように最大限努力すると約束するわ。なぜ殺されたと思うのか話して」

「さっきも言ったけど、やつらはすごく手荒いことをするの。あれは演技じゃなくて暴行よ。最後に行ったとき、あたしはものすごくひどい目にあわされた。で、もうやめようって決めたの。でもレイシーは——彼女も何度か一緒だったことがあるんだけど——あれくらい我慢できるし、ごっそり稼げるからやめるのはもったいないって。彼女はまた行って、でもそれきり戻らなかった」ジェイドは黙り、またマッチをすった。「別に証拠があるわけじゃないけど、でも……ちょっと調べてみたら、彼女の持ち物はそっくり部屋に残ってた。レイシーはお気に入りのものをいろいろ持ってたの。ガラス細工を集めてたし。クリスタルの動物で、すごくきれいだった。あれを置いてどっかへ行っちゃうなんて絶対ないもの。どっかへ行くとしてもあれだけは絶対に持ってくと思う。だからきっと彼女は死んだのよ。でなきゃ、リズみたいに監禁されてるか。だからあたし、やつらに何かされないうちに逃げ出したのよ」

「レイシーのフルネームを知ってる？　ほかに彼女について何か知っていたら教えて」

「レイシーって名前しか知らないわ。あたしが知ってるのはいま言ったことだけ」

「そう。とても助けになったわ。あなたに連絡を取るときのために電話番号を教えてくれる？」

「それはやめとくわ。知ってることは全部話したし、もう関係なしにしたいの。さっきも言ったけど、ここでやり直しはじめたとこだし」

アルシアは強要しなかった。番号を突き止めるのは簡単だ。「もしほかに何か思い出したら、どんなに些細《ささい》なことでも、また連絡してくれる?」

「わかった。ねえ、あの子を助けてやって。あいつらをつかまえて刑務所にぶちこんでよ」

「そのつもりよ。ありがとう」

「じゃ、ワイルド・ビルによろしく言っといて」

アルシアが返事に詰まっている間に通話は切れた。顔を上げると、コルトが戸口に立っていた。彼の目には昨夜と同じ危険な色が浮かんでいる。

「彼女をここに呼べるはずだ。重要証人として」

「ええ」アルシアは別の番号をプッシュした。「でも、そうはしないわ」コルトが口を開く前に手を上げて制し、オペレーターにいまの電話の番号を突き止めるように頼んだ。

「エリアコードA212」コルトはアルシアが走り書きした番号を頭に入れた。「ニューヨーク警察にジェイドの身柄を押さえてもらったらどうだ?」

「いいえ」アルシアはメモをバッグに入れて立ち上がった。

「どうして?」コルトは彼女がコートに伸ばした腕をつかんだ。「電話であれだけ聞き出せたんだ。顔を突き合わせればもっと出てくるぞ」

「もう充分に聞いたからよ」差し出口にむっとして、アルシアは彼の手を冷ややかに振り払った。「ジェイドは私の質問にすべて答えた。脅しも約束も取り引きもなかった。私はふつうに質問し、彼女は素直に答えた。私は彼女の信頼を裏切るつもりはないわ、ナイトシェイド。裁判で証言してもらうかもしれない。でも、それはそのときのこと。どうしても必要だったらよ。それに」最後に釘《くぎ》をさす。「ジェイドの同意なしには何もしない。わかった?」

「わかった」コルトは両手で顔をこすった。「よくわかったよ。君の言うとおりだ。で、捜査令状を取って、電話が使われていた場所を調べるんだな」

「ええ。ついてくる?」

「決まってるだろ。そのぐらいの時間は取れる。飛ぶのはそれからでいい」

アルシアは足を止めた。「飛ぶ?」

「そうだ、警部補。君と俺はちょっと空の旅をするのさ。詳しいことは途中で話す」

8

セスナは穏やかな秋空に機首を向け上昇していく。アルシアはシートにしがみついた。

「こんなの、どうかしているわよ」

操縦桿《かん》を握っているコルトは余裕しゃくしゃくで彼女に目を向けた。「おやおや、ものに動じないはずの君が。飛行機は苦手なのかい?」

「あら好きよ」気まぐれな気流が機体を揺すった。「でも、私が好きなのは客室乗務員がいる飛行機」

「飲み物や何かは調理室にある。水平飛行に移ったらご自由にどうぞ」

そういう意味ではなかったのだがアルシアは言い返さず、傾く地平線を見守った。飛行機に乗るのが好きなのは本当だった。ただいつもは、シートベルトを締め、ヘッドホンで好みの音楽を選び、本を広げて、あとはぼうっとしている。

「でもやっぱ、これは時間の無駄だと思うけど」

「ボイドは反対しなかった。いいか、シア、我々は山荘のおおよその位置をつかんでいる。

俺《おれ》はあのビデオテープを目がすり切れるくらい何度も見た。上空からでも、見ればあれだとわかる。周囲の特徴も頭に入ってるんだ。やってみる価値はある」

「ひょっとしたらね」アルシアはそれしか言わなかった。

「考えてみろ」コルトはセスナを傾け、方向転換してコースを定めた。「やつらは尻に火がついたことを知ってる。だからあわててペントハウスを引き払った。あのビデオテープがどこへ消えたか気をもんでいるはずだ。レオに連絡をつけようとしてもつかまらない。君が安全なところへかくまったからね」

「ええ、だから一味はデンバーに近づかないようにしている」エンジンの音で耳がおかしくなりそうだ。「彼らはとりあえず商売をたたんで居場所を移したのかもしれないわ」

「心配なのはそこだ」コルトは口を固く結んだ。「だとしたら、やつらはリズをどうする？　楽観できる要素は一つもない」

だからボイドは反対せず、コルトと行くようにアルシアを説得したのだ。「ええ」

「俺は、一味は山荘に身をひそめていると見る。警察がその存在をつかんだとしても、場所までは突き止められないと思っているだろう。やつらはジェイドのことを知らないからな」

「その推理は買うとしても、あなたのやり方はやみくもに思えるわ」

「俺にはつきがある」コルトは機体を水平にして言った。「いいながめだろう？」

北に連なる山々の頂は雪をかぶり、尾根と尾根の間には平坦《へいたん》な谷間が広がっていた。それほど高度を上げていないので、ハイウェーを走る車の一台一台が見分けられた。家が集まっている小さな集落が見える。西には緑の濃い深い森がある。

「そういえば」アルシアはふと気づいてコルトのほうに顔を向けた。「ナイトシェイド、あなた、パイロットの免許を持ってるの？」

彼はアルシアをまじまじと見た。そして思わず大笑いしそうになった。「俺は気が狂いそうに君が好きだよ、警部補。結婚式はうんと派手で盛大なのがいいかい？　それとも内輪でこぢんまりと？」

「あなたは頭がおかしい。それが私の返事よ」アルシアはつんとして防風ガラスの外に目を凝らした。デンバーに戻ったら、彼が免許を持っているかどうか調べよう。「その問題は持ち出さないと約束したんじゃなかった？」

「嘘《うそ》をついた」コルトは朗らかに言った。むろん、不安は片ときも頭から離れない。だが、これまでこんなにいい気分だったことはなかった。「それが俺の困ったところなんだよ。君のような女性ならきっと、悪い根性を叩《たた》き直してくれる」

「精神科に行ったほうがいいわよ」

「シア、我々はすばらしい夫婦になるだろうな。家族が君を見て目をみはるのを見るのが待ち遠しい」

「あなたの家族に会うつもりはないわ」ふいに胸の中が空虚になる。エアポケットに落ちたせいだ、とアルシアは考えた。

「そうだな、二人で腕を組んで教会の通路を歩く気になってからのほうがいいかもしれない。おふくろはなんでも取り仕切りたがるが、君ならうまく操縦できるよ。おやじは磨き掃除好き。君とはベーコンと卵みたいに相性がいいってことだ。大将らしく、いちいち規則を重んじる」

「大将？」

「元海軍さ。俺が空軍に入ったときには、おやじはがっかりした」コルトは肩をすくめた。「おやじの向こうを張りたくて空軍にしたのかもしれないな。それから、伯母さんというのがいて……やめておこう、実際に会ってみればわかる」

「あなたの家族に会うつもりはないわ」アルシアは繰り返した。きっぱりと言ったつもりだが、いまいましいことに、自分の耳にもすねているように聞こえた。彼女はシートベルトをはずし、後部の小さな調理室に行った。戸棚をのぞき、ナッツの缶とミネラルウォーターを見つけた。好奇心から冷蔵庫を開けてみると、キャビアの缶詰とボージョレ・ワインが一本入っていた。「これは誰の飛行機なの？」

「ボイドの友達のだ。週末に女友達を乗せて飛ぶのが好きな男さ」

アルシアはぶつぶつ言いながら座席に戻った。「色男のフランクね。前から私にもしつこく声をかけてるわ。セクシーに飛ぼう、なんて」彼女はカシューナッツを選んでつまんだ。

「へえ？　君の好みじゃないってことか？」

「フランクは露骨すぎるわ。男ってたいていそうだけど」

「じゃあ、俺は慎み深く振る舞うよう肝に銘じておこう。それを分けてくれる気はあるかい？」

アルシアは缶を差し出した。「あれがボールダーね」

「うん。少し旋回してここから北西に進路をとる。ボイドはあのあたりにキャビンを持ってるそうだ」

「ええ。あの一帯は別荘が多いの。週末に都会を逃れて雪の中を歩き回るのが好きな人間がたくさんいるのね」

「君にはその趣味はない？」

「雪っていえばスキーだけね。そして、私個人に関する限り、スキーはロッジに戻って暖炉の前で熱いバター入りラム酒を飲む楽しみのためにある」

「へえ、君って人は未知な要因の多い人だ」

「人生は未知な要因だらけよ。話は戻るけれど、ボイドのキャビンはとてもながめがいいところにあるの」

「というと、行ったことがあるんだな」

「何度か。私は春の終わりから初夏のころが好きだわ。そのころなら道路が封鎖されることはないから」アルシアは山のふもとのまだら雪をながめた。「閉じこめられるのが嫌いなの」

「その楽しみってのもあるんじゃないかな」

「私は楽しめないわ」アルシアは黙りこみ、山々や町から郊外へと連なる木々の緑に目をやった。「いい景色。上から見るといっそうきれい。テレビの映像のようだわ」

コルトはにやりとした。「自然は遠くにありて思うもの、か？　都会の女性はみんな田舎暮らしに憧《あこが》れてるんじゃないのかい？」

「そうじゃない都会の女もいるわ。ここにも一人。どちらかと言えば私は――」突然セスナががくんと高度を落とし、ナッツが缶から飛び出した。アルシアは握り棒にしがみついた。「いったいどういうこと？」

コルトは懸命に機首を上げようとしながら、鋭い目で計器を見た。「わからない」

「わからない？　わからないってどういう意味？　あなたにはわかるはずじゃないの！」

「静かにしろ！」コルトは首を傾けてエンジン音に耳を澄ませた。「与圧系がおかしい」

彼は氷のように冷静だった。そのおかげでジャングル戦を生き抜いたのだ。砂漠でも、高射砲の飛びかう空でも。

重大なトラブルだとわかると、アルシアは冷静になった。「どうするの？」

「不時着するしかないな」

アルシアは下を見た。目に入るのは、木の密集した森と岩だらけの山ばかりだ。「どこに？」

「地図によれば東数度のところに谷がある」コルトは計器のつまみをいじり、操縦桿と闘ってコースを調節した。「谷を探せ！」彼はアルシアに命じ、無線のスイッチを入れた。

「ボールダー管制塔、こちらベーカー・エイブル・ジョン」

「あそこよ」アルシアは指さした。ぎざぎざした峰の間に幅の狭い細長い平坦な地面が見える。コルトは管制塔に状況を報告しながらうなずいた。

「つかまってろ」彼はアルシアに言った。「ちょっと荒っぽい着陸になりそうだ」

アルシアは体を固くしたが、せり上がってくる地面から目をそらしはしなかった。「資料によれば、あなたは優秀なパイロットらしいけど」

「すぐにわかるさ」コルトは速度を落とし、気流をやり過ごしながら、冴《さ》えた腕前で狭い谷間に機をすべりこませた。

針に糸を通すみたいだ、とアルシアは思い、次の瞬間息をのんだ。最初に車輪が大きな音をたてて地面をこすった。体が跳ね上がり、叩きつけられた。前後左右に揺すぶられ、最後に小さく横揺れして止まった。

コルトがきいた。「大丈夫か？」

「ええ」アルシアは詰めていた息を吐いた。胃がでんぐり返ったが、それ以外はどこもなんともないようだ。「大丈夫よ。あなたは？」

「とびきりの気分だ」彼は腕を伸ばしてアルシアの顔を両手で包み、シートベルトごと引き寄せてキスをした。「警部補、君はどんなときにもびくともしない。駈《か》け落ちしよう」

「やめて！」常日ごろ感情を抑えることに慣れているアルシアは、大声で笑うなり叫ぶなりしたい衝動に駆られても、どうしていいかわからなかった。そこで乱暴に彼を押しのけた。「それよりここから出してくれない？　足の下に確かな地面を感じたいわ」

「いいとも」コルトはドアを開け、飛び降りる彼女に手を貸した。「管制塔に現在地を知らせる」

「そうね」アルシアは冷たい空気を胸いっぱいに吸いこみ、歩いてみた。ありがたいことに、それほど脚はがくがくしていない。あたりを見回し、しぶしぶコルトの手腕を認めた。彼は見事にやってのけた。

ひざまずいて土に口づけこそしなかったが、足の下に地面があることに感謝した。おまけに景色もすばらしい。四方を取り巻く山と森が風を防いでいる。谷底から見上げると、雪は峰々の頂からまっすぐに落ちる雄大な滝のようだ。

空気が澄んでいておいしい。頭の上にはまっ青な空。きりりとした冷気に身が引き締まる。うまくいけば一時間以内に救援隊が来るだろう。それなら、この孤立した状態にそう神経質になることはない。景色を楽しもう。

自然の中に気分よく溶けこんでいたアルシアには、操縦席から這《は》い出そうとしているコルトに微笑を送る余裕があった。

「あとどのくらいで来るの？」

「来るって、誰が？」

「救援隊よ、救援隊。人々を窮地から救い出してくれる捨て身のヒーローたち」

「ああ、彼らは来ない」コルトは工具箱を地面に落とし、また中に戻って木のはしごを取ってきた。

「なんですって？」声が出せるようになると、アルシアは言った。目の錯覚だとわかっていたが、急に山々がふくれ上がってのしかかってくるような気がした。「誰も救出に来ない、って言ったの？　無線がだめになったの？」

「無線は無事だ」コルトははしごに登り、エンジンカバーを開けた。ジーンズのうしろポケットにぼろ布が突っこんである。「随時連絡を取りながら自分で修理できるかどうかやってみる、と言ったのさ」

「あなた、そんなことを……」アルシアの動きは素早かった。自分でも何をしようとしているかわからないうちに、一発目のパンチがコルトの腹に食いこんでいた。彼ははしごから落ちた。「ばかも休み休み言ってよ。あなたが自分で修理するですって?」

コルトは二発目から身をよけた。怒るよりも困惑していた。

「ハイウェーで車が故障したんじゃないのよ、ナイトシェイド。タイヤがパンクしたのとはわけが違うのよ」

「確かに違う」コルトは慎重に言い、彼女の次の動きを警戒して身構えた。「俺が思うに、キャブレターだな」

「俺が思うに、ですって?」アルシアは息巻き、目を鋭くした。「この手であなたを殺してやる」

アルシアは彼に飛びかかった。コルトはとっさの判断で体を回し、はずみで二人は一緒に地面に転がった。彼はすぐにわかった。このレディは取っ組み合いもなかなかのものだ、と。顎に痛烈なパンチを食らって歯ががちんと鳴った。これは本気を出さなければだめそうだ。

コルトは両脚でなんとかアルシアをはさみこみ、しばらくもみ合った末に、彼女の上になった。

「おとなしくしろ。さもないと、どっちかが怪我《けが》をするはめになるぞ!」

「いいわ。やろうじゃないの」

言って聞かせてもだめらしい。コルトは体重を使ってアルシアを押さえこみ、両手首を地面に留めつけた。彼女は二度体を突き上げ、急に静かになった。時間を稼いで隙《すき》をうかがっているのだ。

「聞けよ」コルトは息を乱しながら彼女の耳に口を寄せてささやいた。「こうしたのは論理的な選択だ」

「ナンセンス！」

「説明する。それでなおかつ反対なら判決を受けよう。いいか？」返事がない。コルトはこみ上げる怒りに歯を噛《か》み締めた。「話がすむまでパンチは繰り出さないと約束してくれ」

そのとき彼女の表情を見なかったのが悔やまれる。

「わかったわ」

アルシアがぎこちない口調で言ったので、コルトは警戒しながら慎重に体を起こした。しゃがむ格好になろうとしたとき、彼女の膝が彼の股間《こかん》を蹴《け》り上げた。

コルトは声も出ないまま体を丸めて転がった。

「パンチじゃなかったわよ」アルシアは髪をなでつけ、パーカーの泥を払ってから立ち上がった。「話を聞こうじゃないの、ナイトシェイド」

コルトは片手を上げ、うめきながらまぶたの裏の火花が消えるのを待った。「シア、君は我が家の血統を危機に陥れたかもしれないぞ」彼はあえぎながらやっとの思いで起き上がり、膝をついた。「それに、やり方が卑怯《ひきょう》だ」

「戦いにルールはないわ。さあ、話して」

コルトは立ち上がり、アルシアをにらみつけた。「俺は君に大きな借りがある。どちらにも怪我がなくてよかった。セスナにも被害がなかった。見ればわかるだろう、ここにはもう一機安全に着陸できるだけの余裕がない。ヘリで吊《つ》り上げてもらってもいいが、ちょっとした修理で飛べるなら、呼ぶ必要があるか？」

確かに彼の言うことは理にかなっている。けれど一つの点は変わらない。「私の意見を聞くべきだったわ。勝手に決める権限はないはずよ」

「確かにそれは誤りだった」コルトは足を引きずりながらはしごに戻った。「君は理詰めで考えるタイプだから、公務員として別の公務員が無駄な出動をするのを望まないだろうと思ったのさ。それに、リズはきっとあの山にいる」彼は乱暴に工具箱をかき回し、レンチを取り出した。「俺はなんとしてもリズを連れて帰るつもりだ」

彼の言うことはいちいちもっともだ。完璧《かんぺき》に正しい。アルシアは背中を向け、すぐそばの黒ずんだ緑の森をじっと見た。

プライドはどんな薬よりのみこみにくい。大きな努力が必要だった。彼女はようやくコルトのそばに行った。「悪かったわ。ついかっとなってしまって」

彼はうめいただけだった。

「まだ痛む？」

コルトは首をめぐらしてアルシアを見下ろし、目をぎらりと光らせた。気の弱い女ならひれ伏したくなるかもしれない。

「息をするときだけだ」

アルシアはにやりとして彼の脚を軽く叩いた。「ほかのことを考えるようにしたら？　何か手伝いましょうか？　工具を取るとか？」

彼はいっそう凄味《すごみ》のある目をした。「君にラチェットとトルクレンチの区別がつくのか？」

「いいえ。そんなこと必要ないもの。私の車の面倒は腕のいいメカニックが見てくれるわ」

「ハイウェーで故障したら？」

アルシアは哀れむような目を向けた。「どうすると思う？」

コルトはいまいましさを噛み締めた。「こんなことをきくなんて、性差別主義者だと言いたいんだろう？」

アルシアは彼の背中に向かってにんまりしたが、口を開いたときの声は真面目《まじめ》だった。「牽引《けんいん》車を呼ぶのがどうして性差別なの？　調理室にインスタントコーヒーがあったわね。いれてくるわ」

「バッテリーを消費しないほうがいい。ソフトドリンクで我慢しよう」

「いいわ」

二十分ほどしてアルシアが戻ると、コルトはエンジンに向かって悪態をついていた。

「ボイドの友達ってやつはまったく、でたらめにいじくり回していやがる」

「修理できるの？　できないの？」

「するつもりだ」コルトは一つのボルトをゆるめようと格闘中だった。「この分だと思ったより時間がかかりそうだ」刺《とげ》のある言葉が返ってくるのを覚悟して彼は下を見た。アルシアは髪を風にそよがせ、ただじっと立っている。「それはなんだい？」彼女の手に目をやってコルトはきいた。

「いちおうサンドイッチのつもり。おなかがすいているんじゃないかと思って」

「ああ」その気遣いがコルトの気持をいくらかやわらげた。彼は手を上げて引っくりかえし、油で汚れた手のひらを見せた。「多少ハンデがある」

「じゃあ、ちょっとかがんで」

アルシアは彼の口にパンを近づけた。パンをはさんで目を合わせながら、コルトは一口かじった。

「ありがとう」

「どういたしまして。ビールも一本あったわ」アルシアはポケットから瓶を出し、少し飲んだ。それから彼の口に差し出した。「半分ずつ」

「やっぱり俺は君を愛してる」

「黙って食べなさい」アルシアはまたサンドイッチを食べさせた。「あなたの予想では、どのくらいで飛べるようになるの？」

コルトは自分の分をしっかり食べ、飲んでから答えた。「そうだな。一時間か二時間」

アルシアは目をしばたたいた。「二時間？　そのころには暗くなってるわよ。暗闇《くらやみ》の中で飛び立とうというんじゃないでしょうね？」

「そのつもりはない」いきなり襲われるのを警戒しながら、コルトはエンジンのほうに向き直った。「朝まで待ったほうが安全だな」

「朝まで」アルシアはおうむ返しに言ってコルトを見つめた。「朝まで私たち、どうするわけ？」

「手始めにテントを張る。貨物室に一つあるんだ。ミスター・フランクは女友達をキャンプに連れていくのがお好きらしい」

「まったくすてきな話だこと。外で寝るって意味なの？」

「機内でもいいが、窮屈だ。火のそばのテントのほうが暖かいし、脚を伸ばせる」コルトは作業をしながら口笛を吹きはじめた。こんなに早く彼女に借りを返せるとは思っていなかった。「たぶん君はキャンプファイヤーのたき方を知らないだろう」

「ええ。くだらないキャンプファイヤーなんて知らないわ」

「ガールスカウトに入ったことはないのかい?」

アルシアはふうっと息を吐いた。「ないわ。あなたは?」

「入ってたはずがないだろ。仲よくしていたガールスカウトはいたけどね。そうだ、薪を集めてこいよ。最初の善行バッジをあげよう」

「薪を集めに行く気はないわ」

「それならいい。だが、日が落ちると寒くなるぞ。たき火は寒さを防ぐし、ほかのものも防ぐ」

「ほかのものって?」アルシアは不安になってあたりを見回した。

「鹿《しか》やら、山猫やら……」

「山猫」アルシアは反射的に銃に手をやった。「このあたりには山猫はいないわ」

コルトは頭を起こし、一考するように周囲に目をやった。「まだその季節には早いかもしれない。しかし冬が近づくとふもとのほうへ下りてくる。これがすんでから俺が火の用意にかかってもいいが、そのころにはたぶん暗くなっているだろう」

わざとそんなことを言って脅しているんだわ。わかっているわよ。でも……。アルシアはもう一度周囲をながめた。すでに森の影が長く延びはじめていた。「仕方ないわね。薪とやらを集めてくるわ」

アルシアは武器をチェックしてから、森のほうに歩き出した。コルトは彼女を見送りながら微笑し、胸の中でつぶやいた。こいつはすてきなキャンプになるぞ。

コルトに教えられながら、アルシアは石を丸く並べた中でどうにか火をおこした。そんなことはしたくなかったが、仕方がない。コルトが修理の手を離せないと言うので、しぶしぶテントも張った。

ひとりでにドーム型になるとコルトが保証したそれは、軽量のテントだった。文句たらたらで二十分格闘した末、ようやく張ることができた。見れば、二人用とはいっても体と体をくっつけて横たわるのがやっとだ。

夕暮れの寒さも忘れてアルシアがテントをにらんでいると、エンジンが動き出す音がした。

「新品同然になったぞ」コルトが大声で言い、エンジンカバーを閉じた。彼は貨物室から水差しを持ってくると、工具箱に入っていた油汚れ落としを使い、水を倹約しながら手をきれいにした。テントを見てうなずく。「よくできた」

「お褒めいただいて、どうも」

「毛布が何枚かあるし、充分寒さをしのげるだろう」コルトはしゃがんだまま深く息を吸った。たき火がいいにおいだ。きりりと冷たい空気がうまい。

アルシアは両手をポケットに突っこんだ。「あなたの言うことを信じるしかないわね」

コルトは洗い終えた手を拭《ふ》きながら立ち上がった。「まさか、キャンプは初めてじゃないんだろう?」

「そうかもよ」

「休暇はどうやって過ごしてるんだ?」

「ホテルに行くわ。ルームサービスがあり、蛇口をひねれば熱いお湯と冷たい水が出て、ケーブルテレビが見られるもの」

「君の暮らしには何かが欠けているな」

「その何かを発見しかかっているところのようね」アルシアは身震いし、ため息をついた。「一杯やりたくなったわ」

二人は宴《うたげ》を催した。ボージョレ・ワインとこくのあるチーズとキャビア、パテを塗ったクラッカー。

考えてみれば、もっと悪い成り行きだってあったかもしれない。アルシアはそう思うことにした。

「キャンプでこんなごちそうなんて初めてだ」キャビアをクラッカーにのせながらコルトが言った。「兎《うさぎ》を撃ちに行くことになるだろうと思ってた」

「食べているときにそんな話はやめて」アルシアはワインを飲んだ。不思議なほど気持がゆったりしていた。たき火は本当に体を暖めてくれる。静かに燃える火を見ていると心がやわらいだ。空には無数の星がまたたき、下弦の月が森を銀色に染め、周囲の山々の雪の頂を輝かせている。ふくろうが鳴くたびにアルシアはびくんとしていたが、やがて慣れた。「美しいところだ」コルトは食後の一服をふかしながら言った。「いままでこのあたりには来たことがなかった」

アルシアもそうだった。十二年もデンバーに住んでいるのに。「私は都会が好き」彼女は独り言のようにつぶやき、棒を取って火をつついた。火の粉が飛ぶのを見ているのが面白かった。

「理由は？」

「たぶん、人間がたくさんいるから。必要なものが手軽に手に入るし、自分が役に立っていると思えるから」

「それが大事なのかい？　自分が役に立っていると感じることが？」

「ええ、大事よ」

コルトは炎と影が揺らめく彼女の顔を見つめた。目に火が映っていた。頰骨が際立ち、肌がやわらかく炎の色に染まっている。「君の子供時代は大変だったんだね」

「過ぎたことよ」彼に手を取られたとき、アルシアは拒絶しなかった。握り返しもしなかった。「もう身の上話はしないわ、これっきり」

「いいとも」コルトは焦らなかった。「ほかのことを話そう」彼女の手を唇に持っていく。その手は少しこわばったが、すぐにまた力が抜けてやわらかくなった。「君はどうやらキャンプファイヤーのそばで話をしたことがないらしい」

「そうらしいわね」アルシアは微笑した。

「じゃあ話をしよう、時間つぶしに。嘘の話と本当の話とどっちがいい？」

アルシアは声をあげて笑った。が、突然立ち上がると銃を抜いた。コルトの動きも素早かった。とっさに彼女を背中にかばう。と同時に、ブーツから銃を出して構えた。

「どうした？」彼は周囲の闇に目を走らせた。

「聞こえなかったの？　何かがいるわ」

コルトは耳をそばだてた。アルシアが身についた動きで彼の背後を守る。耳が痛くなるほど静かだった。ふいに、かさこそという音がした。遠くでコヨーテが悲しげな声で吠《ほ》えた。アルシアは胸がどきどきしてきた。

コルトは悪態をついたものの、笑いはしなかった。「動物だ」彼は座って銃をブーツにおさめた。

「どんな？」アルシアはまだ猛獣を警戒して、あたりを見回していた。

「小さいやつさ。穴熊《あなぐま》とか兎とか」コルトは銃を握っているアルシアの手を取った。「あえて穴をあけることはないよ、射撃の名人君」

またコヨーテが吠え、こたえるようにふくろうが鳴いた。「山猫は？」

コルトは返事をしかけたが、ずる賢く言葉をのみこんだ。「そうだな。だが、やつらは火のそばまでは来ないだろう」

アルシアは顔をしかめ、銃をホルダーに戻した。「火をもっと大きくしたほうがよさそうね」

「これで充分さ。君がそんなにびくつくとはね」

「がらんとしているのが嫌いなのよ。ここは、がらんもいいところ」正直言って、麻薬中毒でふらふらしている男に暗い横丁ででくわすより、牙《きば》を持った小さい獣のほうが怖かった。「にやにやしないで！」

「してないさ」コルトは唇をなめてごまかし、なんとか真顔を作った。

彼の目の中の笑いがふいに欲望に変わる。アルシアはどきりとした。

「ここにいるのは君と俺だけだ、アルシア」

アルシアはゆっくりと息を吐いた。「そうらしいわね」

「俺が君をどう思っているか繰り返し言うつもりはない。それに、どれほど君がほしいかも」

彼の唇が額にそっと触れると、アルシアの体はぴりぴりし、灼熱《しゃくねつ》の槍《やり》が背骨を突き上げた。

「いまいる場所を忘れさせてやれる」コルトは彼女の顎に唇を這わせた。「もし君がそうさせてくれれば」

「ちょっとやそっとじゃ無理よ」

コルトは笑った。アルシアの声は少し震えていたが、その言葉は挑戦的だった。「朝まででたっぷり時間がある。賭《か》けるよ。日が昇る前にそれを証明してみせよう」

そうしたくてたまらないのに、私はなぜ拒もうとするのだろう。これからは恐れずにしたいことをしようと、ずっと前に自分に言い聞かせたんじゃなかった？ それとも、したいことをしたあとには罰が待っているという意識がまだ抜けないのだろうか？

「いいわ、ナイトシェイド」アルシアは大胆に彼の首に腕を巻きつけ、まっすぐ目を合わせた。「その賭《かけ》に応じましょう」

コルトは彼女の髪に手を入れ、顔を仰向かせた。二人は長い間、見つめ合った。やがて彼はいきなり唇を奪った。アルシアの唇は熱く甘かった。飢えたように激しく、夜のように淫《みだ》らだった。舌と歯を使っていくらむさぼっても、むさぼり尽くせない。コルトはいっそう荒々しく求め、彼女はそれにこたえた。激しさには激しさで、力には力で。

初めてキスしたときと同じだわ。アルシアはくらくらしながら思った。まるで麻薬のように、彼の味が脈を波立たせ、血を奔流にする。理性が渦にのまれるように遠ざかっていく。

無傷で切り抜けられるなどとどうして思ったのだろう。一瞬のち、アルシアは我を忘れた。自衛心も理性もどうでもいい。いまはただ、感じたかった——前には不可能に思えたこと、分別がないと思ったことに、身をゆだねたかった。もしも残りの人生を悔やんで過ごすことになってもかまわない。

アルシアはコルトのジャンパーの前をがむしゃらに開いた。彼の体を感じたい。彼が私より強くなくてもかまわない。でも、もし強かったら、女の身の弱さを受け入れよう。

アルシアは爆発寸前の火山のように熱くなっていた。コルトと一つになることだけが望みだった。彼女は彼の理性をむしり取るようにはいでいった。燃える唇で、狂ったような手で。ついにコルトは罵《ののし》りとも祈りともつかない声をもらし、彼女を半ば抱えるように、半ば引きずるようにしてテントに向かった。

二人は欲望に絡め取られ、手足をもつれさせながら小さなシェルターに転がりこんだ。コルトはアルシアのコートを脱がせ、喉元にところかまわずキスを浴びせ、喉がうめきに震えるのを唇で感じた。

彼は抑制と力の象徴である肩かけホルスターをもどかしげにはずした。急速に自制心を失っていくのがわかる。どうにもならない狂暴な感情に振り回されていた。彼女を裸にしたい。苛《さいな》み、叫び声をあげさせたい。

アルシアは息をはずませながらコルトの服をつかみ、引っ張って脱がせた。テントにたき火の赤い色が映っている。彼の目が見えた。その瞳は黒く光り、危険をはらんでいた。怖さと同時に興奮が襲いかかった。彼は今夜、私を略奪しようとしている。でも、私も彼を略奪するわ。

コルトはアルシアのセーターを頭から引き抜き、脇《わき》へ投げた。その下につけていたまっ白なレースのランジェリーは、もっとまともな場所とまともな時間であったなら、その女らしさが彼の好奇心をくすぐったにちがいない。ストラップをもてあそび、薄いレースに透ける乳首に指をすべらせただろう。しかしいま、コルトはそれを一瞬のためらいもなくはぎ取り、あらわになった胸を貪欲《どんよく》に愛撫《あいぶ》した。熱くかぐわしい肌に頭がしびれる。美しくのけぞらせた体が、喉からもれる長いうめき声が、体のわななきが、夢にも見たことのないような喜びの高みへと彼を押し上げた。

アルシアはコルトの裸の肩に爪を食いこませた。そうして彼をもっと駆り立てようとしながら、このままどこへ連れていかれるのだろうかと怖くなった。スラックスを脱がせようとするコルトにしがみつき、体を持ち上げ、くねらせる。

三角形のレースもあっという間にはぎ取られた。

やがてコルトは、体中の筋肉を震わせながら、アルシアの上に覆いかぶさった。アルシアは目を開けて彼を見ていた。コルトはアルシアの顔を見つめ、その中に溺《おぼ》れるように、一気に彼女を満たした。

アルシアの目が光沢を失って、つと閉じられる。コルトの目の前も暗くなった。激しいリズムに合わせて体を動かし、禁じられた果実を味わうように、二人は猛烈に互いに食らいついた。

アルシアの絶頂の叫びが空気を裂いて響き、数秒遅れてコルトの声が続いた。彼は激しくあえぎながらアルシアの上にくずおれた。彼女の体は喜びの余波で震えている。

「勝ったのはどっちだ?」しばらくしてものが言えるようになると、コルトはきいた。

こんなときに笑えるとは思わなかったが、アルシアの喉に笑いがこみ上げた。「引き分けってことにしましょう」

「俺はそれで文句ない」コルトは体を持ち上げようとした。が、動いたら最後こなごなになりそうな気がした。「君にキスしたいが、その前に力をかき集めなくては」

「いいわ。待ってる」アルシアは目をつぶって余韻を味わった。コルトの体はまだ火のように熱く、心臓は轟《とどろ》いている。ただ触るのがうれしくて彼の背中に手をすべらせたが、盛り上がった傷跡に指が触れ、顔をしかめた。「これは?」

コルトははっとした。彼女の上で眠りかけていたのに気づいて驚く。「〝砂漠の嵐《あらし》〟作戦の名残だ」

彼がイラクで戦ったとは思っていなかった。コルトについて知らないことがたくさんある、とアルシアはそのとき気づいた。

「あのときにはもう退役してたと思っていたわ」

「してた。でも、ちょっと仕事を引き受けたのさ。片手間仕事ってところかな」

「支援?」

「そうとも言える。高射砲でちょっとね。たいした傷じゃない」コルトは頭を傾け、顔をなめらかな肌にこすりつけた。「君の肩はものすごくゴージャスだ。前にも言ったっけ?」

「いいえ。あなた、いまでも政府の仕事を?」

「あっちの頼み方が気に入ればね」コルトは体をごろりと回転させ、彼女を自分の上にのせた。「このほうがいいだろう?」

アルシアは彼の胸に頬を預けた。「でも、私たち凍死するんじゃない?」

「動いていれば心配ない」アルシアが顔を上げると、彼はにやりとした。「救命のための方法《メソッド》さ」

アルシアは微笑した。「正直に言うけど、あなたの愛し方《メソッド》が気に入ったわ」

「そう?」コルトは彼女の髪に指をすべらせた。

「ええ、とっても。もうじき火に薪を足さなくちゃならないけど」

「まだしばらく大丈夫だ」

「だったら、時間を無駄にすることないわね」ほほ笑みながら、アルシアは唇を彼の口に近づけた。

唇を重ねながら、彼はまたも激しい欲望を覚え息をのんだ。「シア、こんなのは初めてだ。誰ともこんなじゃなかった」

アルシアは怖くなった。コルトの言葉そのものより、それを聞いて胸が熱くなった自分が怖かった。「おしゃべりは無用よ」

「シア……」

彼女は首を横に振った。言おうとした言葉はじきに、コルトの頭からすべり落ちていった。

9

コルトはぱっと目を開けた。身についた習慣だ。そして自分がどこにいるのか思い出した。夜明けのほの白い光がテントに忍びこんでいる。厚い毛布、背中の下には固い地面、そして体の上にはやわらかい、ほっそりとした女性が丸くなっていた。彼女がそこにいるわけを思い出し、コルトは微笑した。

あのあと二人は疲れ果て、何もかも忘れて抱き合ったまま眠ってしまった。いま、太陽が外の世界からの催促状を差し出している。二人にはすべきことがあった。だが彼は、いま少しの間この親密感を楽しみ、別の時間に別の場所でまた二人きりになった場合を想像した。

コルトはアルシアの裸の肩にそっと毛布を引き上げ、頬を隠している髪をなでた。彼女の体がぴくんと動き、開いた目がコルトを見つめた。

「優秀な反射神経だな、警部補」

アルシアはあわてふためくまいと心身に命じながら舌先で唇をなめた。「朝のようね」

「よく眠れたかい？」

「ぐっすり」体中の筋肉が痛かったが、アスピリンを二錠のんでちょっと運動すれば、なんとかなるだろう。「あなたは？」

「赤ん坊のように眠ったよ。我らのうちの一方は、野宿に慣れている」

アルシアは体を回転させて彼の上から下りた。「我らのうちの一方はコーヒーがほしくなったわ」コルトのぬくもりから離れたとたん、寒さが肌を刺した。彼女は震えながらセーターをつかんだ。

コルトはアルシアがセーターを着る前にウエストに腕を回して引き寄せた。「何か忘れてるぞ」両手で彼女の頭を包み、唇を合わせる。

アルシアの体はたちまちやわらかく甘く溶け、口を開いてキスを受け入れた。夜の間に二人は何度も求め合い、そのたびに激しく燃えた。いまのキスは穏やかで、力強かった。それはちょうど、盛んに燃え立ったあとの、静かに揺るぎなく燃えるろうそくの火に似ていた。

「目覚めたとき君が隣にいるのは最高だ、シア」

アルシアは彼にすがりつきたかった。人生まで預けてしまうようにしっかりと。だがそうはせず、ひげの伸びたコルトの顎をつついた。「あなたが隣にいるのもそんなに悪くないわ、ナイトシェイド」

アルシアは素早くというより、急いで体を離した。心を調整する時間とスペースを確保するために。コルトは彼女の気持を読んで微笑した。

「結婚したらキングサイズのベッドにしよう。そうすればどんなに転がっても大丈夫だ」

アルシアはセーターを着た。頭を出した彼女の目はクールだった。「どっちがコーヒーをいれる？」

コルトは思慮深くうなずいた。「しっかり決めておく必要があるな。円満な夫婦でいるには、日常の些事《さじ》でもめないことだ」

アルシアは笑いを噛《か》み殺し、スラックスに手を伸ばした。「私のランジェリーを台なしにしてくれたわね」

コルトは彼女がすらりとした脚をスラックスに通すのをながめた。「弁償するよ、喜んで」アルシアがソックスを探している間に彼はシャツを着た。タイミングが大事だ。彼女がソックスを両方見つけ出すのを待って言う。「考えていることがあるんだが……」

「ん？」とだけ答えて彼女は靴をはいた。

「大晦日《おおみそか》に結婚するっていうのはどうかな？　夫婦として新しい年を始めるなんて、ちょっとロマンティックじゃないか」

アルシアは歯の間から息をもらして不賛成を示した。「私がコーヒーをいれるわ」彼女はぶすりと言い、テントから這《は》い出した。

コルトはアルシアのヒップをやさしく叩《たた》き、一人笑った。彼女はその気になってきている。自分で気づいていないだけだ。

たき火の火をたきつけるころには、アルシアはすばらしいアウトドア生活にうんざりしていた。確かに美しい。深い森に覆われて頂に雪を冠した、屹立《きつりつ》する山々のながめは雄大だ。でも寒いし、厄介なことはあるし、寂しい。

食べるものは一つかみのナッツ。あたりにはレストラン一軒もない。

小鍋《こなべ》が沸騰するのを待ちきれず、指を入れてみて、ちょっと熱くなったところでインスタントコーヒーをおおまかに入れた。その香りを嗅《か》いだだけで唾《つば》がわいてきた。

「すてきな光景だ。キャンプファイヤーのほうに身をかがめる美しい女性」コルトがテントのそばに立ってながめている。「君のかがんだ姿は絵になる」

「くだらないわ」

コルトは笑いながら歩み寄った。「コーヒーを飲むまでは機嫌が悪いのかい、ダーリン？」

アルシアは髪をもてあそぼうとするコルトの手をぴしゃりと払った。また彼の魅力に引きずられてしまってはいけない。「朝食よ」ナッツの缶を差し出す。「コーヒーは自分でね」

コルトはしゃがみ、二つの錫《すず》のマグにコーヒーを注《つ》いだ。「いい日だ」彼は機嫌よく言った。「風も強くなくて、視界がいい」

「まったくすてきな日だこと」アルシアはマグを受け取った。「ああ、歯ブラシがほしい」

コルトはコーヒーを一口飲んだ。泥のようだが、少なくとも苦さは強烈だ。「心配するな。じきに文明社会に戻れる。君は歯を磨ける。熱い泡風呂に入れるし、美容院にも行ける」

アルシアは泡風呂を思い描いて、笑みを浮かべた。が、すぐにつんと顔を起こし彼をにらんだ。「髪のことはほっといて」マグを下に置き、バッグをかき回す。ブラシを見つけるとコルトに背を向けて地面に座り、乱暴に髪をとかしはじめた。

コルトはうしろにしゃがみ、両膝で彼女の体をはさんだ。「貸してごらん」

「自分でできるわ」

「ああ。だが、そのとかし方じゃ、禿《はげ》になりそうだ」コルトは彼女からブラシを取り上げた。「もっと丁寧にしなくちゃ」彼は髪のもつれをやさしく解きほぐした。「こんなにきれいな髪は見たことがない。こうやって近くで見ると、赤と金色と枯葉色と、さまざまな色合いが交じっているんだな」

「ただの髪よ」そう言ったものの、褒められて悪い気はしなかった。コルトが髪をなでている。とても心地よくて、思わずため息がもれた。いま二人は何もない山中にいるというのに、アルシアはとんでもない贅沢《ぜいたく》を味わっている気分だった。

「見てごらん」コルトが耳元でささやいた。「三時の方向」

アルシアは言われたほうに顔を向けた。森の中に鹿《しか》がたたずんでいる。いや、鹿じゃない。あんなに大きな鹿はいない。隆々とした前身部は人間の男の背丈ほどの高さがある。立派な枝のような角のある頭を反らして空気を嗅いでいる。

「あれは……」

「ワピチだ」コルトは声を低めて言い、親密なしぐさでアルシアの腰に腕を回した。「アメリカ大鹿。あれは見事な雄だ」

「大きいわね。大きくて立派だわ」

「四百キロ以上ありそうだ。ほら、我々のにおいを嗅ぎつけたぞ」

ワピチが首をめぐらしてアルシアを見た。心臓がどきりとした。尊大で賢そうな獣は、自分の領分を侵した人間どもをじっと観察している。

胸が震えた。獣の美しさと一種の不思議の念に打たれ、アルシアはふいに涙がこみ上げるのを感じた。一頭と二人は、しばらく静かに、同じ生き物同士、互いを吟味し合った。空からは雲雀《ひばり》のさえずりが降るように聞こえている。

やがてワピチはゆっくりと体の向きを変え、深い茂みの中に姿を消した。

「彼、コーヒーとナッツはほしくなかったようね」アルシアはそっと言った。なぜこんなに感動したのか言葉にできない。けれど心の中ではわかっていた。コルトに背を預け、彼の腕に包まれ、とても満ち足りていた。

「彼が愛想なしだとは言わないよ」コルトは頬を彼女の髪にこすりつけた。「いろんな一日のスタートがある」

「ええ」アルシアは振り返り、衝動的に彼の肩に腕を回してキスをした。「このほうがいいわね」

「ずっといい」

コルトが喉のくぼみに鼻をすり寄せると、アルシアは笑って彼の顔を押しのけた。

「デンバーに戻ったら、続きを思い出させてくれ」

「いいわ」ちょっぴりうしろ髪を引かれながらアルシアは彼から離れた。「そろそろキャンプをたたまない？　それから」銃のホルスターを装着しながら言う。「あなたの借りは新しいランジェリーだけじゃないわよ。朝食もごちそうしてちょうだい」

「俺《おれ》の勘定につけておいてくれ」

二十分後、二人は操縦席におさまっていた。コルトが計器をチェックする間に、アルシアは頬紅をつけていた。

「俺たちはパーティに行くんじゃないぜ」

「歯は磨けない、シャワーは浴びられない……」アルシアはバッグの中にあったミントを噛み砕きながら言った。「だとしても、すべての身だしなみを放棄したわけじゃないわ」

「俺は君の青白い、ちょっとやつれたような顔が好きだ」コルトはエンジンを始動させた。

アルシアは彼をにらみ、わざと頬紅を濃くした。「あなたはただ飛べばいいのよ、ナイトシェイド」

「はいはい、警部補殿」

一か八かの離陸だ。あえて言うことはないと思い、コルトは黙っていた。アルシアは髪を編んでいる。彼は滑走開始に適したところまでゆっくりと機を動かし、シャツの下のペンダントにちょっと指を触れてから滑走速度を上げた。

でこぼこの地面にぶつかって機はがたがた揺れ、バウンドしながら進み、少しずつ上昇した。コルトは片翼を傾けて逆流をやり過ごし、機体を水平に戻してから機首を上に向けた。セスナは無事谷間を抜け出し、森の梢《こずえ》の上に出た。

「なんとか切り抜けたわね、ナイトシェイド」

コルトはアルシアを見た。マスカラのキャップを回して開けている彼女の手は少しも震えていない。彼女はわかっていたのだ。彼女にはわかっている、と気づくべきだった。

「ボイドが言ったとおり、君はすばらしい相棒だ」

「少しの間、揺らさないようにして」アルシアは小さな鏡を傾け、まつげにマスカラをつけた。「で、どういうプラン?」

「昨日言ったとおりだ。このあたりを旋回して山荘を探す。私道が坂になっているところだ」

「たいした特徴だこと」

「黙れ。それに二階建てで、ぐるりとテラスが囲んでいる。西に面した正面に窓が三つある。あのビデオに夕焼けのシーンがあった」コルトは説明した。「近くに湖があることもわかっている。もみの木や松の木から高度の見当もつく。白く塗ったログキャビンだから、けっこう目立つはずだ」

彼の言うとおりかもしれない。けれど、これは言っておかなければならない。「リズはそこにいないかもしれないわよ」

「それを探るんだ」コルトは機を旋回させ、西に向かった。

彼の目に不安が濃くなるのを見て、アルシアは話題を変えた。「空軍での階級は?」

「少佐」コルトは微笑を作った。「君よりランクが上だな」

「あなたはすでに退役してるのよ」アルシアは釘《くぎ》をさした。「軍服のあなたはさぞ威張って見えたでしょうね」

「君の制服姿を拝見したいものだな。あっ」

彼が指さした。下を見ると山荘があった。レッドウッドで造られた三階建てだ。アルシアは木々の間にもう二軒見つけた。

「どれも違うわね」

「ああ。だが、必ず見つけ出す」

捜索は続けられた。アルシアは双眼鏡を使った。別荘はあちこちに点在していた。ほとんどが無人のようだったが、何軒かの煙突からは煙が上り、トラックや四輪駆動の車が外に停《と》まっている。

真っ赤なシャツの男が薪を割っているのが見えた。凍《い》てついた野原で草を食《は》んでいる鹿の群れや、駆けていく白い尾の鹿も見えた。

「ないわね」だいぶたってアルシアは言った。「ドキュメンタリーでも制作するなら別だけれど……あ、待って」白いものが一瞬ちらと目に入り、また見えなくなった。「旋回して。四時の方向」彼女は雪化粧した尾根に目を凝らした。

あった。二階建ての白いログキャビン、西向きの窓が三つ。テラス。坂になった砂利敷きの私道にいかついトラックが停まっている。人がいるというさらなる証拠に、煙突から煙が出ていた。

「きっとあれよ」

「間違いない」コルトは旋回し、方向を変えた。

アルシアは無線のマイクを手に取った。「現在の位置を教えて。連絡して出動を要請するわ。私たちは戻って捜査令状を取りましょう」

コルトは位置を告げた。「連絡したけりゃしろよ。しかし俺は紙切れを待ってるつもりはない」

「いったいどうしようっていうの?」

コルトは彼女と目を合わせた。「着陸して、山荘に入る」

「だめよ」

「君は君がすべきことをしろ」コルトはさっき鹿が草を食んでいた野原のほうに機首を向けた。「リズがあそこにいる可能性は高い」

「だからってどうするつもり?」腹を立てていたので、アルシアは危険な下降にも気づかなかった。「突入して銃をぶっぱなすつもり? 相手は映画を作っているというだけなのよ。違法なばかりじゃなく、人質を危険にさらすことになるわ」

「もっといい手があるか?」コルトは着陸体勢に入った。着地と同時に横すべりするだろう。彼は、機が横転しないことを神に祈った。

「必要な装備をまとったチームを呼ぶべきよ。私たちは山荘の持ち主を調べ、法的手段を整えるの」

「そのあとで突入するのか? いやだね。君はスキーをすると言ってたな」

「え?」

「いまからセスナでそれをやる。しっかりつかまってろ」

アルシアはびっくりして周囲を見、あんぐりと口を開けた。白くきらめく野原が防風ガラスのすぐ目の前に迫っていた。悪態をつく暇もなく、ものすごい衝撃がきて息が詰まった。

叩きつけられたかと思うと機体が横にすべった。セスナの蹴《け》り立てた雪がばさばさと窓に跳ね返る。機は滑走し、密集した樹木の壁がぐんぐん迫ってくるのを、アルシアは半ば観念して冷静にじっと見ていた。森に突っこむ直前、セスナは急激に二回スピンして止まった。

「あなた、気がどうかしてるわ！」アルシアは大きく息をして爆発しかける怒りをこらえた。怒り任せに殴りかかりたかったが、操縦席は狭くて動きがとれない。やっつけるなら思いっきりやっつけてやりたい。

「アリューシャンでもレーダーなしで強行着陸したことがある。いまよりはるかに悪い条件だったよ」

「それがなんの証明になるわけ？」

「俺のパイロットとしての腕は、まだ錆《さ》びついていないってことじゃないかな」

「子供じみたまねはやめて！　遊園地で遊んでるんじゃないのよ。誘拐と殺人の容疑者を追ってるのよ。子供が一緒にいる可能性もある。きちんと手順を踏んで慎重に行動しなくちゃいけないわ」

コルトは荒々しくシートベルトをはずし、アルシアの両手首をぐいとつかんだ。彼の目は怒りでぎらぎらしている。「よく聞け、アルシア。俺は遊びと現実の区別くらいちゃんとつく。現実を、その厳しさや冷酷さを、いやというほど知っているんだ。あの子のことも知っている。赤ん坊のとき、この腕に抱いてやった子だ。書類だの手続きだのにかまっていられるか！」

「コルト――」

「いまのは忘れろ」彼はアルシアの手を乱暴に放した。「君の助けは頼まない。ルールをきちんと守ろうとする君の態度を尊重したいからだ。だが、俺はリズを探しに行く。いますぐにだ」

「待って」アルシアは片手を上げ、その手を髪に通した。「一分考えさせて」

「もういい！」

コルトは立ち上がりかけた。その胸にアルシアのパンチが食いこんだ。

「待ってと言ったでしょ」アルシアは頭をうしろに傾け、目を閉じて考えた。それからきいた。「山荘までの距離は？　七、八キロ？」

「十キロか、もう少しあるな」

「そこまでの道は除雪されているの？」

「ああ」コルトはじりじりした。「それが？」

「雪だまりに突っこんだっていうほうが都合いいんだけれど。でもまあ、エンストしたってことでも」

「なんの話だ？」

「一緒にやる方法を探ってるのよ」アルシアは目を開け、コルトをにらんだ。「あなたは私のやり方が気に食わない。私はあなたのやり方が気に入らない。だったら半分ずつ折り合うほかないわ。無線で地元の警察に応援を頼む。そこからボイドに連絡して書類を作ってもらうわ」

「言ったろ——」

「あなたがなんと言おうと関係ない」アルシアは穏やかに言った。「それが手順というものよ。むやみに突入できないわ。第一に、あの山荘じゃないかもしれない。第二に」彼女は口をはさもうとするコルトをさえぎって続けた。「そうだとしても、リズが一緒だとすれば、彼女をいっそう危険にさらすことになる。第三に、正式な手順を踏まないと小ずるく逃げられる恐れがある。私はやつらを刑務所にぶちこみたいの。だから、いいこと……」

コルトは気に入らなかった。いくら理にかなっていようと、いくらうまい作戦であろうと、気に入らない。山荘までの長い道のりを歩きながら、彼は何度も穏やかに意見をはさもうとしたが、アルシアはまったく聞く耳を持たなかった。

「君がドアを叩いただけで、どうしてやつらが中に入れてくれると思うんだ？」

アルシアはちょっと頭を傾け、伏せたまつげの下からコルトを見上げた。「女が困りきってドアを叩いたら、たいていの男はどうするかしら？　道に迷い、車は故障……」彼女は小さく身を震わせ、甘ったるい声でささやいた。「そして外はものすごく寒いわ」

コルトは悪態をつき、自分の白い息が消えていくのを見つめた。「車のところまで送って修理してやろうと言われたらどうする？」

「それはもう感謝感激するわよ。そしていろんな手で遅らせて、必要な時間を稼ぐわ」

「もしやつらが手荒く出たら？」

「そのときには二人でやっつけにかかるしかないわね」

コルトにはそのほうが歓迎だった。それにしても……。「やはり君と一緒に中に入るべきだと思う」

「大きくて強そうな男と一緒じゃ同情してもらえないわよ。それに運がよければ、厄介なことになる前に地元の警察が到着するかもしれないし」アルシアは足を止め、距離を確かめた。「だいぶ近づいたわ。一味の誰かが朝の散歩をしているかもね。一緒のところを見られないようにしないと」

コルトはこぶしにした両手をポケットに突っこんでから、ゆっくり指を開いた。彼女の言うとおりだ。彼はポケットから手を出すと、アルシアの肩をつかんで引き寄せた。「気をつけて行けよ、警部補」

アルシアはコルトの唇にしっかりと唇を押しつけた。「そっちもね」

彼女は背を向け、どんどん歩いていく。コルトはやめろと言いたかった。愛していると言いたかった。だが、その気持を押しとどめ、山荘の裏に回った。いま感情を乱すような言葉をかけちゃいけない。それはあとにしよう。

彼は身を低くし、固くなった雪の上を走った。アルシアは急ぎ足になった。山荘に着いたときに息を切らし、少し涙が浮かんでいるようにしたい。窓から姿が見えるところまで来ると、よろよろと走り、息をあえがせているふりをした。体ごとドアに倒れかかり、声をかけ、必死でドアを叩く。

ドアが開いた。出てきたのはクラインだった。だぶだぶのグレーのスウェットスーツを着、口の端にだらしなくたばこをくわえ、煙がしみるのか目をしょぼしょぼさせている。酒くさかった。

「ああ、よかった！」アルシアはドアの柱にぐったりもたれた。「助かったわ！　このあたりには誰も人がいないんじゃないかと、ほんと不安だった。ものすごくたくさん歩いたような気がするわ」

クラインは彼女をじっと見て値踏みした。いい女だ。だが、意外な出来事は好きじゃない。「なんの用だ?」

「車が……」アルシアは手をなよなよさせて、胸に当てた。「動かなくなってしまって……ここから一キロぐらいのところで。友達の別荘へ行く途中、道を間違ってしまったらしいの」彼女は身震いし、パーカーの前をかき合せた。「中に入れてもらえません? すごく寒くて」

「このあたりにゃ誰もいないぜ。ほかに山荘はないしね」

アルシアは目をつぶった。「間違った道に入ってしまったのね。どっちを見ても同じような景色だし。夜明け前にイーグルウッドを出たんです。せっかくの休暇をちょっとでも無駄にしたくないと思って」相手を見上げ、弱々しくほほ笑む。「ところが、こんなはめに。ちょっと電話をお借りできたら、友達にかけて迎えに来てもらうんですけれど」

「いいよ」この女は大丈夫だ、とクラインは考えた。それに目の保養にもなる。

「ああ、火……」アルシアは安堵《あんど》の息をもらし、暖炉に駆け寄った。「こんなに寒い目にあうとは思わなかったわ」両手をこすり合わせながら、首をめぐらしてクラインにほほ笑んだ。「助けていただいて、本当にお礼の申し上げようもありません」

「いや、別に」彼は口の端からたばこを引き抜いた。「こんなところまで登ってくる車はめったにない」

「でしょうね」アルシアは目を窓に向けた。「でも景色がすばらしいわ。それにこの建物も！」体をぐるりと回し、うっとりとしたようにながめる。「本当にすてき。火のそばにくつろいで座ってワインがあれば、大吹雪の一つや二つ気にもせずに過ごせるでしょうね」

クラインがにやりとした。「俺がくつろいで座るときは、ワインよりほかの何かがあるほうがいい」

アルシアはまつげをぱちぱちさせ、しとやかそうに伏せた。「それはとてもロマンティックでしょうね、ミスター……？」

「クラインだ。だが、ハリーで結構」

「それじゃ、ハリー。私はローズ」名前からワイルド・ビルとの関係を気づかれてはいけないと思い、ミドルネームを言って手を差し出した。「あなたは命の恩人だわ」

「おい、いったい何をやってるんだ？」

アルシアが吹き抜けの二階に目をやると、筋肉質で上背のある、もしゃもしゃの金髪の男が立っていた。ポルノビデオに出ていた男だ。

「ダナー、思いがけない客だ」クラインが言った。「車が故障したんだと」

「休暇で遊びに来たんです」アルシアはにっこりしてみせた。

「へえ？」ダナーは髪をなでつけながら階段を下りてきた。「このレディにコーヒーでも差し上げたらどうだ、クライン？」

「ディーンがキッチンにいる。今日はやつの当番だ」

「そうか」ダナーはアルシアに愛想よく微笑した。「余分に一杯いれるように言ってこいよ」

「お前が行けば――」

「まあ、コーヒーをごちそうしていただけるなんてうれしいわ」アルシアは褐色の大きな目をクラインに向けた。「もう体が凍えそう」

クラインは肩をすくめ、雄犬がライバルを牽制《けんせい》するような視線をダナーに投げて出ていった。

一味の連中がほかにもいるのだろうか、それとも三人だけか？

「とてもすてきな山荘ね」アルシアは部屋の中を歩き回り、テーブルの上にバッグを置いた。「一年中ここに住んでいらっしゃるの？」

「いや、ときどき来るんだ」

「外から見た感じよりずっと大きいわ」

「造りのせいでね」ダナーは肘かけ椅子に座ったアルシアのそばに来た。「よかったらここで休暇を過ごすなんてどう？」

アルシアは笑い、彼が髪に触っても頭をよけたりしなかった。「友達が待っているから、それはちょっと。でも休暇は二週間あるし……」彼女はまたくすっと笑った。「男の人たちだけで、どんなお楽しみをしているの？」

「聞いたらきっと驚くよ」ダナーはアルシアの腿《もも》に手を置いた。

「私はめったに驚かないたちよ」

「どけどけ」クラインがコーヒーのマグを持って戻ってきた。「さあ、ローズ」

「ありがとう」アルシアはマグを抱くようにして、香りを深く吸いこんだ。「もうだいぶ暖まってきたわ」

「コートを脱いだら？」

ダナーが襟に手をかけた。アルシアはほほ笑みながら体を引いた。

「芯《しん》まで暖まったらすぐ脱ぐわ。もうちょっと」見破られない用心のために肩かけホルスターははずし、銃は背中に隠してある。「お二人は兄弟？」アルシアはさりげなく会話に誘った。

クラインは鼻を鳴らした。「とんでもない。相棒ってとこかな」

「そうなんですか？　どんなお仕事を？」

「情報産業」ダナーがにやりと白い歯を見せた。

「まあ、興味深いお仕事。それでいろいろあるんですね」アルシアは超特大画面のテレビや最新型のビデオ装置やステレオに目をやった。「冬の夜長は映画を見て過ごすのが一番ね。いつかご一緒に……」上で足音がする。見上げると、一人の少女がいた。髪は乱れ、目元は痛ましくくぼみ、痩《や》せている。だが、セーターもコルトの写真で見たリズに間違いない。

「こんにちは」少女は微笑した。

「部屋に戻ってろ」クラインが厳しく言った。

少女はすり切れたジーンズに鮮やかなブルーのセーターを着ていた。セーターも袖口《そでぐち》が袖口《そでぐち》がほつれている。

「おなかがすいたの」

少女は小さい声で言った。だが、びくびくしている声ではない。アルシアはそれに気づいた。

「いま持っててやる」クラインはアルシアをちらと見たが、彼女が別に驚いたふうもなくにこやかにしているのを見て安心したように言った。「さあ、部屋に戻っているんだ」

リズはすぐには退散せず、冷ややかにクラインをにらんだ。アルシアは心からほっとした。あの子はまだ痛めつけられてはいない。リズは背を向け、すぐうしろの部屋に入ってばたんとドアを閉めた。

「まったく子供ってのは」クラインはぼやき、新しいたばこに火をつけた。

アルシアは同情するようにほほ笑んだ。「あなたの妹さん?」

クラインは煙にむせたが、すぐににやりとした。「ああ、妹なんだ。そういえば、電話をかけたいんだったね?」

「ええ」アルシアはマグを置いて立ち上がった。「友達がそろそろ気をもみはじめるころだわ」

「あそこだ」彼は指さした。「どうぞ」

「ありがとう」アルシアは受話器を取り上げた。呼び出し音がしない。「線が切れているのかしら?」

クラインは舌打ちし、電話のところへ来てポケットから細いL字型の道具を出した。「忘れてた。夜は使えないようにしていたんだ。妹のやつが長距離をかけまくると通話料金が大変だからな。わかるだろう、女の子のおしゃべりってのは」

「ええ、身に覚えがあるわ」アルシアはにっこりし、地元警察の番号をプッシュした。「フラン、私よ」明るい声で、打ち合わせどおりに通信係に言う。「聞いて驚かないで。道に迷ったうえに、車が故障しちゃって。ここで親切な方たちに出会わなかったら、どうなっていたかわからないわ」コルトが予定どおりに動いていてくれるといいけれど。「ボブに迎えに来てもらえるかしら?」

アルシアが通信係と話している間に、コルトは身軽く電柱をよじのぼった。あらかじめ双眼鏡で大きな窓越しに必要なことをつかんでおいた。アルシアは自分の役目をうまくこなしている。リズは二階にいる。

うまくいきそうなら、こっそりリズを外に連れ出すことで話がついていた。が、彼の本心は直接対決だった。やつらをやっつけたかった。リビングルームにはクラインともう一人、キッチンにはフットボール上がりの大男がいる。

とにかくまずリズの安全確保だ。それから中に戻ればいい。

コルトは狭い廂《ひさし》に飛び移り、窓の出っ張りにつかまった。リズが乱れたベッドに横たわっていた。向こう向きに、身をかばうように丸くなっている。彼は窓を押し上げて中に飛びこみたい衝動に駆られた。だが、彼女が驚いて大きな声を出すといけない。彼はそっとガラスを叩いた。

リズが身動きした。再びノックすると、たいぎそうに寝返りを打ち、窓を見てまぶしそうに目を細めた。それからまばたきし、用心深く起き上がった。コルトは口に人差し指を当て、声を出さないように合図した。だが、涙は止めさせることができなかった。窓に駆け寄るリズの目から涙があふれる。

「コルト！」リズは窓を揺すり、ガラスに頬を押しつけて泣き出した。「家に帰して！お願い、お願い。あたし、家に帰りたい！」

ガラス越しの声はかすかだったが、一味に聞こえる恐れがある。コルトはまたガラスを叩いてリズの注意を引いた。

「窓を開けるんだ」彼は用心して口の動きで言った。が、リズは頭を振った。

「釘」彼女が声をひそめて言い、こぶしで目をこすった。「釘が打ってあるの」

「わかった」コルトは手を動かして、リズの目を自分に向けさせた。「枕《まくら》。枕を持っておいで」

生気のなかったリズの目に、かすかな光がともった。希望の光だ。コルトはこういう目を前にも見たことがある。リズはすぐ枕を取ってきた。

「枕をガラスに当てて。しっかり押さえてるんだぞ。頭を向こうに向けてろ。頭はあっちだ」

コルトは肘でガラスを破った。よし。枕のおかげでほとんど音はしなかった。体が通る穴ができると、彼は枕を脇《わき》に投げて中に入った。

リズが腕の中に飛びこんできた。泣きながらすがりつく。コルトは少女を赤ん坊のように抱き上げた。「しいっ。もう大丈夫だ、リズ。家に連れて帰るぞ」

「あたしが悪かったの。ごめんなさい」

「そのことはもういいんだ。もう何も心配するな」コルトはリズの目をのぞきこんだ。とても痩せている。顔が青い。「いいか、もう少しの間、頑張れよ。急いでここを出る。コートと靴は？」

リズはかぶりを振った。「あの人たちに取られちゃった。あたしが逃げられないようにみんな持っていっちゃったの。あたし、逃げようとしたのよ、コルト。ほんとよ。でも――」

「わかったよ」彼はリズの顔を肩に押しつけた。ヒステリックな声が出かかっているのがわかった。「そのことはいま考えるんじゃない。それより、これから言うことをよく聞くんだ。いいね？　まず君を毛布でくるむ」コルトは片手でベッドの毛布をつかみ、リズの体にぐるぐる巻きつけた。「さあ、これからちょっと飛ぶぞ。どさっと落ちるが、俺につかまっていれば大丈夫。体をこちこちにしちゃいけない。楽にしてるんだ」彼はリズを抱いて窓際に行った。寒さから守るためと、ぎざぎざのガラスで傷つけないために、彼女の顔を注意深く包む。「悲鳴をあげたくなったら心の中で叫べ。だが、絶対に声を出しちゃいけない。それがすごく大事なことだ」

「絶対に悲鳴なんてあげない」リズはコルトの胸に顔を押しつけた。「お願い、家に連れてって。ママに会いたい」

「ママも君に会いたがってる。パパもだ」コルトは低い声でリズをなだめながら、少しずつ廂の縁へと移動した。彼は短く祈りを唱え、ジャンプした。

コルトは建物や階段、飛行機から飛び降りる術《すべ》を知っていた。一人で飛ぶなら、着地と同時に体を丸めて転がればいい。だが、いまはリズを抱いている。自分の身をクッションにしてリズを守らなければならなかった。

衝撃で息が止まり、肩に激痛が走った。だがコルトは即座に起き上がり、リズを抱いたまま道路に向かって疾走した。その途中、最初の銃声を聞いた。

10

アルシアは警察の通信係との会話を引き延ばし、相手の話を聞くふりをして、応援があとどのくらいで到着するかという情報を得た。あと十分。コルトがすでにリズを外に連れ出してくれていればいいのだが。いずれにしろ、事はシルクの手触りさながらなめらかに進んでいるように思える。

「ありがとう、フラン。じきに会えるわね。ちょっと待って、いまここの場所をきくわ。私にはさっぱり見当がつかないの」アルシアは受話器の口を手でふさぎ、クラインを振り返ってにっこりした。「ここの住所か目印か何かを教えていただけない？　友達が迎えに来てくれるの」

「いいとも」クラインはキッチンから出てきたディーンのほうを見た。「お客さんの分の朝食も作ってくれただろうな」彼女は大変な目にあったたんだ」

「ああ、たっぷりある」ディーンがアルシアを見た。そのとたん、目をぎらりと光らせる。

「おい、どういうことだ？　ここで何をしてやがる！」

「ちょっとは行儀に気をつけろよ」ダナーが言った。「レディの前だぞ」

「レディだと！　そいつはおまわりだぜ。ワイルド・ビルのおまわりだ」

ディーンが突進してきた。アルシアは彼が目を光らせた瞬間に銃に手をやっていた。百キロ以上ある巨漢がかかってくる。ほかの二人のことを考える暇がなかった。

横に飛びながら撃った一発目はそれた。体がアンティークのテーブルに激しくぶつかり、嗅《か》ぎたばこ入れの壷《つぼ》のコレクションが床に落ちた。赤や青のガラスが砕けて破片が床に飛び散る。目がくらんだ。敵が貨物列車のようにのしかかってくる。アルシアは反射的に左に転がり、突き出されたこぶしをよけた。ディーンは大きかったが、アルシアのほうが敏《びん》捷《しょう》だった。素早く膝を立てると両手で銃を構えた。

今度の一発は決まった。ディーンの白いTシャツが血に染まるのを見ると、アルシアはひとっ飛びで立ち上がった。

ダナーがドアに向かって走り、クラインが悪態をつきながら引き出しを開ける。金属が光った。

「止まりなさい！」

ダナーは両手を上げてぴたりと止まった。が、クラインは銃をつかんだ。

「死にたいの？」アルシアはクラインに言い、彼とダナーの両方が目に入るようにうしろに下がった。「銃を捨てなさい、ハリー。さもないと、あなたもそこのお友達のようにカーペットを汚すことになるわよ」

「ちくしょう」クラインは歯を食いしばり、銃を床に投げた。

「いい選択ね。床に伏せて、両手を頭のうしろに。あなたもよ、色男さん」アルシアはダナーに言った。二人が命じられたとおりにしている間に、彼女はクラインの銃を拾った。

「見知らぬ人間を家に招き入れたのが運の尽きだったわね」

うう、痛い。アルシアは体からアドレナリンが引いていくのがわかった。頭のてっぺんから足の裏まで、大きな痛みのかたまりになったようだ。ディーンのフライング・タックルのせいで、何かが体から飛び出してしまったのでなければいいけれど。

遠くでサイレンのうなりが聞こえた。「応援が到着したようね。改めてはっきりさせておくわ。私は警官よ。あなたたちを逮捕します」

アルシアが静かな声で権利条項を読み上げた。黙秘権があること、逮捕後の言動はすべて法廷において有罪の証拠として用いられること、尋問の際に弁護士の同席を要求する権利があること。それを告げている途中でコルトが飛びこんできた。片手に銃、もう一方の手にナイフを握っている。最初に銃を撃ってから三分くらいしかたっていないはずだ。彼の動きは非常に速い。

アルシアはちらとコルトに目を向け、そのまま言葉を続けて逮捕の手順をすませた。「彼らを見張ってて、ナイトシェイド」彼女はぶら下がっている受話器を取り上げた。「ムーニー巡査？　ええ、グレイソン警部補です。救急車を一台頼むわ。被疑者を撃ったの。傷は胸部。ええ、協力ありがとう」彼女は電話を切ってコルトを振り返った。「リズは？」

「無事だ。道端で警察を待つように言ってある。銃声がしたから」自分の手が震えていないことにコルトは感謝した。内心はがくがくだった。「君の正体を見破られたんじゃないかと思った」

「そうなの。あの男よ」アルシアは頭をぐいと動かし、ディーンのほうを指した。「私がワイルド・ビルと一緒のところを見たことがあるらしいわ。タオルを探して持ってきてくれない？　出血を止めたほうがいいわ」

「こんな野郎はほうっておけ！」ふいに激しい怒りが突き上げ、コルトは叫んだ。その言い方があまりに荒々しかったので、床に伏せている二人は震え上がった。「君は頭を怪我《けが》してるぞ」

「そう？」アルシアはずきずきする額に手をやり、指についた血を見て顔をしかめた。「最低。縫うはめにならなきゃいいけれど」

「どいつにやられたんだ？」コルトは氷のような目で男たちをにらみつけた。

「私が撃った男よ。血を流して死にかけているやつ。タオルを取ってきてちょうだい。生かしておいて裁判にかけたいの」

　コルトは動こうとしない。アルシアは彼と負傷した男の間に入った。コルトの考えがガラスのように透けて見える。

「つまらないこと考えるのはやめて、ナイトシェイド。私は悲嘆にくれるお姫様じゃないわ。正義の白騎士なんて邪魔くさいだけ。わかった?」

「ああ」コルトは大きく息を吸った。激情が胸に渦巻いていたが、だからといってこの事態を変えることはできない。「わかったよ、警部補」

彼はアルシアに言われたことをしに行った。確かに彼女はこの事態を収拾できる。いや、あらゆる事態に見事に対処できる。


セスナに乗りこんで、コルトはようやくいくらか平常心を取り戻した。というより、リズの手前、冷静さを装わなければならなかった。リズは彼にしがみついて離れず、警察と一緒に行きたくないと訴えるので機に乗せた。リズが彼と並んで操縦席に、アルシアはうしろのジャンプシートに座った。

コルトのコートにくるまれたリズは、うつろな目を前に向けていた。しっかりくるんでやったのだが、まだぶるぶる震えている。離陸して東に進路をとるころ、リズの目から涙があふれ出た。滝のような涙は頬をぐっしょり濡《ぬ》らし、肩が激しく揺れている。だが、彼女はまったく声をもらさなかった。

どうしてよいかわからず、コルトはリズの手を握った。「もう大丈夫なんだよ。もう誰も君をひどい目にあわせたりしない」

だが、静かな涙は止まらなかった。アルシアは黙って席を立った。前に行ってそっとリズのシートベルトをはずし、脇《わき》に寄るようしぐさで伝えた。空いたところに座るとリズを膝に抱き上げ、しっかりと腕に包みこんだ。リズの悲しみを包みこむように。

「我慢しなくていいのよ」彼女はやさしく言った。

わっと堰《せき》を切ったようにリズが声をあげた。操縦席に響き渡る悲痛な泣き声を聞きながら、リズを抱き締めそっと揺するアルシアの胸は、きりきりと痛んだ。コルトはたまらず、リズのもつれた髪をそっとなでた。だがリズは身をすくめ、いっそうアルシアにかじりつく。

コルトは手を下ろし、飛ぶことに心を集中した。


アルシアのやさしく辛抱強い説得のおかげで、リズは先に病院へ行くことになった。少女は家に帰りたいと言い続けたが、そのたびにアルシアは、お父さんとお母さんはもうデンバーに向かって車を走らせているところなのだと穏やかに言い聞かせた。

「わかるわ。病院なんかいやよね」アルシアはリズを抱き締めながら言った。「怖いのもよくわかるわ。でも、お医者に診てもらわなくちゃならないのよ」

「お医者さんに触られるのいや」

「そうね」アルシアにはその気持が痛いほどわかる。「でも、女のお医者さんよ」彼女はほほ笑み、リズの腕をなでた。「それに何も痛いことはしないわ」

「あっという間にすむしね」コルトは気楽そうな微笑を必死で顔に張りつけていたが、本当は叫びたかった。何かを蹴飛《けと》ばしたかった。やつらを殺してやりたかった。

「わかった」リズは気が進まなさそうに診察室に目をやった。「お願い……」口を引き結び、訴えるような目をアルシアに向ける。

「一緒に行ってほしいの？　ついていてほしい？」

リズがうなずく。

「わかった。いいわよ」アルシアは少女を引き寄せ、固く抱き締めた。「コルト、あなたは自動販売機で飲み物を買ってきてくれない？　あったらキャンディ・バーも」彼女はリズにほほ笑んだ。「チョコレートをかじりたい気分だわ。あなたはどう？」

「そうね」リズは震える息を吸いこんだ。

「じゃ、またあとで」アルシアはコルトに言った。

コルトは彼女の目から何も読み取れなかった。彼は無力感に襲われ、大股でその場を離れた。

診察室に入ると、アルシアはリズが服を脱いで病院のガウンに着替えるのを手伝った。少女の体にいくつか青あざがあるのに気づいたが、何もきかなかった。いずれ正式な事情聴取をしなければならない。

　穏やかな目をした若い医師が診察台に近づいてきた。アルシアは言った。「メイラー先生よ」

「こんにちは、リズ」メイラー医師は握手をしなかったし、患者にいっさい手を触れなかった。彼女は外因性障害が専門で、レイプの被害者の恐怖心についてよく理解していた。「これからいくつか質問して検査をするわ。あなたが私にききたいことがあったらなんでもきいていいのよ。それに、もし途中でやめてほしくなったり、ちょっと待ってほしくなったら、遠慮なくそう言ってね。いい？」

「はい」リズは診察台に横たわり、じっと天井を見た。けれどその手は、まだしっかりアルシアにしがみついていた。

　アルシアがメイラー医師を名指しで頼んだのは、かねてから彼女の評判を聞いていたからだ。診察が進むにつれ、その評判がはずれていないのを知ってほっとした。メイラー医師はやさしくて思いやりがあり、しかも有能だった。診察の手をいつ止めるか、患者の気持が落ち着くのにどのくらいの間が必要か、などということをごく自然に読んでいるようだ。

「さあ、すんだわ」メイラー医師は手袋を脱ぎながらほほ笑んだ。「少しここで休んでいてね。処方箋《しょほうせん》を書きますから、そうしたら帰っていいのよ」

「入院しなくてもいいの？」

「ええ」メイラー医師はリズの手を握った。「あなたはよくやったわ。あとはご両親がいらしたら、また少し話をするだけ。そうだわ、何か食べるものを持ってきてあげましょうね」


去り際にメイラー医師はアルシアに目を向けた。その目は、私たちもあとで話す必要がある、と明瞭《めいりょう》に告げていた。


アルシアはリズを抱き起こした。「コルトがキャンディ・バーを買ってきたかどうか見てきてあげるわ。メイラー先生の言う食べ物の中には、チョコレートは入っていないと思うから。二人でこっそり食べない？」

「あたし、一人になりたくない」

「それならいいわ」アルシアはバッグからブラシを出し、リズのもつれた髪をとかしはじめた。「痛かったら言ってね」

「山荘であなたが階下《した》にいるのを見て、あいつらがまた別の女の人を連れてきたんだと思ったわ。またあれが始まるんだと思った」リズはぎゅっと目をつぶった。まつげの間から涙がぼろぼろこぼれる。「またあんなことをさせられるんだって……」

「ごめんなさい。あなたを助けに来たって知らせたかったけど、方法がなかったの」

「それからコルトが窓のところにいるのを見て、夢だと思ったわ。誰かが来てくれるのを毎日毎日夢見ていた。でも誰も来なかった。ママもパパも、あたしなんかもうどうでもいいのかもしれないと思って、悲しかった」

「あなたのママもパパも、ずっとあなたを探していたのよ」アルシアはリズの顎を持ち上げた。「ずっとずっと、それはそれは心配していたのよ。だからコルトに頼んだの。コルトもあなたを愛してるわ。なんとしてもあなたを探し出すって、どんなにがみがみ私をどやしつけたか、知らなくて幸いよ」

リズはほほ笑もうとしたが、唇が震えて笑みにならなかった。「でもみんなは知らない、あのことを……。あのことを知ったら、きっとみんなあたしなんか、もう愛してくれなく――」

「そんなことないわ」アルシアはリズの顎に添えた手に力をこめた。「お父さんやお母さんはショックを受けるでしょうね。心を痛めるでしょう。とてもつらい思いをするでしょう。でも、それはあなたを愛しているから。あなたを愛する気持は何があっても決して変わらないわ」

「あたし……あたし泣くしかできない」

「だったら泣けばいいの」

リズは震える手で頬をこすった。「家出したあたしが悪いんだわ」

「そうね。家出したのは悪かった。でも、あなたが悪いのはその点だけよ」

リズは顔をそむけた。タイルの床を見つめる目にまた涙があふれる。「あなたにはわからないわ、これがどんな気持か。あたしがどんなことをされたか。どんなに汚らわしくて、どんなに恥ずかしいことなのか、わかりっこない」

「それは違うわ」アルシアは両手でやさしく、けれどしっかりとリズの顔を包み、目を合わせた。「私は知ってる。あなたがどんな気持か、あなたが何をされたか、自分のこととして知ってるわ」

「あなたも？」リズは震える息をついた。「あなたも同じ目にあったの？」

「ちょうどあなたと同じ年だった。体の中から何か大事なものをえぐり取られたような気がしたわ。一生この汚れは落ちない、決して元の自分には戻れないと思った。私が私じゃなくなったと思った。泣いたわ。長い間泣いてばかりいた。ほかにどうしようもなかったから」

リズはアルシアが差し出したティッシュを取った。「あたし、ずっと自分に言い続けていた。これはあたしじゃない、本当のあたしじゃないって。でも、とっても怖かった。コルトはもう終わったって何度も言ったわ。だけど、あたしはいまもすごくつらい」

「わかるわ」アルシアはまたリズを抱き寄せた。「これ以上ないほどつらいわね。それに、すぐに消えるつらさじゃない。でも、あなたは一人ぼっちじゃないわ。あなたには家族がいる。友達がいる。コルトもいる。そして私も。たまらなくなったときには、いつでも私に言って」

リズはすすり上げながらアルシアの胸に頬を埋《うず》めた。「あなたはどうしたの？　そのあとであなたはどうしたの？」

「生き延びたわ」アルシアはささやき、リズの頭越しに宙を見つめた。「だから、あなたもちゃんと生きていける」

コルトは腕に飲み物の缶とキャンディ・バーを山と抱え、診察室の戸口に立っていた。さっき無力感に襲われた彼はいま、救いようのない気持に打ちひしがれていた。

ここには自分の居場所がない。女性の苦しみの中にずかずか入ってはいけなかった。やり場のない怒りがこみ上げる。コルトは缶とキャンディを待合室のテーブルの上にぶちまけた。あの二人を慰めることはできない。すでに起こってしまった事実を消し去るのは不可能だ。だったら、いったい俺《おれ》に何ができるんだ？

彼は両手で顔をこすり、落ち着きを取り戻そうとした。その手を下ろしたとき、リズの両親がエレベーターから飛び出してくるのが目に入った。

いまできることは、これくらいしかない。そう考えたコルトは急いで二人を出迎えた。

診察室の中では、アルシアがリズの髪をとかし終えていた。「服を着る？」

リズは懸命に笑みらしきものを浮かべた。「あの服はもう二度と着たくない」

「いい意見だわ。じゃあ、私が何か――」あわただしい足音を聞きつけてアルシアが振り返ると、青ざめた女性と憔悴《しょうすい》した顔の男性がいた。二人とも目の縁を赤くしている。

「リズ！」

女性が飛びこんできた。続いて男性が。

「ママ！」リズは腕を差し伸べながら、たちまちまた涙をあふれさせた。「ママ！」

再会した親子は泣きながらひしと抱き合っている。アルシアは脇に退き、戸口にコルトがいるのを見てそちらへ行った。

「あなたはついていてあげて。行く前に、メイラー先生に両親が到着したことを知らせておくわ」

「行くってどこへ？」

アルシアはバッグを取った。「報告書を作りに」


報告書を提出して帰宅したアルシアは、熱い湯の中で心ゆくまで体を伸ばし、ふやけそうになるまで浴槽につかった。身も心もくたくたで、裸のままベッドに倒れこむと夢も見ないで眠った――ドアをけたたましく叩《たた》く音に起こされるまでは。

よろけつつ手探りでローブをつかみ、玄関に向かいながら袖《そで》に腕を通してサッシュを締めた。のぞき穴から見るとコルトだった。アルシアは顔をしかめ、不機嫌にドアを開けた。

「ちゃんとした理由を述べないと、安眠妨害のかどで告発名簿に記入するわよ」

彼は平たい四角い箱を差し出した。「ピザを持ってきた」

アルシアは大きく息を吐き、次に大きく息をして、チーズとスパイスのおいしそうなにおいを吸いこんだ。「負けるわね。それと一緒に入りこもうって魂胆なんでしょう?」

「その作戦だった」

「じゃ、入って」返事もそこそこに、アルシアは皿とナプキンを取りに行った。「リズの様子は?」

「びっくりするほど元気だ。マーリーンとフランクもぴったり心を合わせている」

「それが肝心よ」アルシアは戻ってきて、テーブルに皿を並べた。「親子でカウンセリングを受けるべきだわ。ぜひ必要だってことを理解してくれるといいけれど」

「その件はもう話がついてる。メイラー医師がいいセラピストを紹介してくれるそうだ」

コルトはピザを皿に移しながら、注意深く言葉を選んだ。「俺はまっ先に君に礼を言いたかった。黙って聞いてくれ、シア。これだけはどうしても言いたいんだ」

「じゃあ、聞くわ」アルシアは腰を下ろし、ピザを一切れ取った。

「君はリズの居場所を突き止め、助け出すのに力を貸してくれた。おおいに感謝している。だが礼を言いたいのは、警官として協力してくれたことに対してだけじゃない。何か飲み物はあるかい?」

「キッチンにバーガンディ・ワインがあるけど」

「俺が取ってこよう」コルトは立ち上がりかけたアルシアを制した。

アルシアは肩をすくめ、せっせとピザを食べた。ワインとグラスを二つ持ってコルトが戻ってきたときには、二切れ目をかじっていた。「あんまり疲れてしまって、空腹だったのも忘れていたみたい」

「だったら、君を叩き起こしたことを謝らなくてもいいかな」コルトは二つのグラスにワインを注《つ》いだ。だが飲まなかった。「もう一つ礼を言いたいのは、君がリズにしてくれたことに対してだ。あの子を助け出しただけでも充分だった。君の忌み嫌う、正義の白騎士の役を果たしただけでもね」

彼は顔を上げ、アルシアと目を合わせた。何かを知っているような目だった。以前にはなかった疲労がにじんでいる。

「だが、君はそれ以上のことをしてくれた。もう心配ない、もう終わったのだ、と言ってくれた。それだけじゃない。リズには君が必要だった」

「私が女だったからよ」

「いや、君でなきゃだめなんだ。これ以上煩わせるのは気が引けるんだが」コルトはグラスの脚をもてあそんだ。「彼らはもう一日二日こっちにいる。メイラー医師から検査結果の話があるまで。で、もう一度リズに会ってもらえたらと思うんだ」

「水くさいわね、コルト」アルシアは彼の手に手を重ねた。「私、他人事とは思っていないわ」

「俺もだ、シア」コルトは指を絡めた手を裏返し、唇に持っていった。「君を愛してる、すごく。だめだ」彼はアルシアが引き抜こうとする手をぎゅっと握った。「ほかの女性には言ったことがない。別の言い方をしていた」彼はちらと微笑した。「夢中だとか、特別な人だとか。愛していると言ったのは君が初めてだ」

コルトの言葉は信じられた。というよりアルシアは、驚いたことに彼を信じたいと思っていた。足を前に出すときには気をつけなくちゃ、と心に言い聞かせる。踏み出すのは一歩ずつだ。「聞いて、コルト。私たち出会って間もないのに、ジェットコースターみたいなスピードで進んでしまった。ジェットコースターに乗っているときの精神状態って、とてもまともじゃないわ。少しペースをゆるめない？」

彼女がびくついているのがコルトにはわかった。しかしいまはもう、それをからかう気持にはなれない。「俺はリズの身に起こったことを消せない。これは非常につらいよ。そして、君に対する気持も消せない。だがこっちは難なく受け入れられる」

「あなたが私に何を求めているのかわからないわ。それに、私がそれをあなたに与えられるかどうかもわからない」

「過去の出来事がその理由か？　診察室で君がリズに話しているのを聞いてしまったんだ」

アルシアは一瞬にして手を引き抜き、自分の殻に閉じこもった。「それはリズと私の間だけの話よ」冷ややかに言う。「あなたには関係ないわ」

コルトはこうなることを予想していた。心の準備はしてあった。「違う。君にもわかってるはずだ。だが、君がその気持になったときに話そう」彼はワインのグラスを取り上げた。「聞いたかい？　スコットの容体は五分五分だそうだ」

「知ってるわ」アルシアは、まだ警戒しているような目をコルトに向けた。「病院に電話をして確かめたから。いまごろクラインとダナーは尋問室で絞り上げられているでしょうね」

「やつらを早くぶちこんでやりたい」

「ええ、ほんと」

「銃声を聞いたときは心臓が止まった」さっきよりリラックスした気持になったコルトは、ピザをかじった。「矢のように走り、危うきを助けるために騎兵隊のごとくドアをぶち破って入ってみれば、そこで俺が見たのは……」彼は頭を振り、アルシアのグラスに自分のグラスを軽くぶつけた。「顔を血に濡らした君だ」彼は彼女の額の絆創膏《ばんそうこう》にそっと指を触れた。「二挺拳銃《にちようけんじゆう》を構えながらね。その足元には撃たれて倒れている山のような巨漢、ほかの二人の男は両手を頭のうしろに組んで床に伏せている。君は狩猟から帰った女神ディアナのようだった。静かに権利条項を読み上げていた。正直言って、俺はまったくの余計者だって気がしたよ」

「あなたはちゃんと働いたわ、ナイトシェイド。それに、私も正直に言うと、あなたの姿を見てすごくほっとした。あなたはアラモ砦《とりで》の指揮官ジム・ボウィーみたいに悲壮な顔をしてたわ」

「彼は戦いに負けた」

アルシアはかわいそうになり、身を乗り出して彼にキスをした。「あなたは負けなかった」

「我々は負けなかった、だ」コルトは訂正した。彼女の唇がやわらかで、友愛に満ちていたのでうれしくなった。「君にプレゼントを持ってきた」

「あらそう?」危険は過ぎ去ったと見て、アルシアはにっこりし、もう一度キスをした。「じゃあ、ちょうだい」

コルトはうしろに手を回し、コートのポケットから小さな紙袋を取り出して彼女の膝に投げた。

「ずいぶんすてきな包装」アルシアはくすくす笑いながら袋に手を入れ、レース飾りのブラとパンティをつまみ出した。ミッドナイト・ブルー。彼女は声をあげて笑った。

「借りは返す主義だ。君が持ってるのは白ばっかりだろうと思って、違うのにしてみた」

彼は腕を伸ばしてシルクとレースの感触を確かめた。「つけてみてごらんよ」

「そのうちにね」アルシアはいま自分が何を求めているのか、何がほしいのかわかっていた。彼女は立ち上がり、コルトの髪に手を入れて顔を仰向け、唇を合わせた。「一緒にベッドに来ない?」

「行くに決まってる」コルトは彼女を抱き寄せながら腰を上げた。「君がそう言うのを、いまかいまかと待っていたんだ」

「ピザが冷めるのはもったいないなかったから」

「まだ腹ぺこなのか?」

アルシアは彼のシャツをジーンズから引っ張り出した。「もうそれどころじゃないでしょ」

コルトは彼女を抱えてベッドルームに向かった。

カバーは返してあったが、さっきアルシアが一眠りしただけの白いシーツはほとんど乱れていない。コルトは彼女をベッドに横たえるなり、顔にやさしいキスを浴びせた。

アルシアの手は彼のボタンをはずすのに忙しかった。これから何が起こるかわかっている。嵐《あらし》と怒濤《どとう》のような興奮と刺激。それらが襲ってくるのを身構えて待った。彼女はコルトのコットンのシャツを押し分け、彼の熱い肌に、固い筋肉に触れ、満足げに低く吐息をもらした。

アルシアが焦ってシャツをはぎ取っている間も、コルトはついばむように、じらすように小さなキスを続けていた。彼女が狂おしく燃えているのがわかる。欲望が体を突き上げるたびに彼はそれをいなし、余裕のあるペースを保った。

「あなたがほしい」アルシアは背を弓なりに反らし、むさぼるように唇を求めた。

その言葉にこんな威力があるとは知らなかった。コルトの血はわき立ち、頭がくらくらした。「わかってるよ。君の口がそう言ってる」

彼は再び唇を合わせ、なおもキスを続けた。そのキスの、震えてしまうほどやわらかい感触に、アルシアはうめきをもらした。彼の肩を固く握っていた手がゆるむ。

「君がほしい」コルトはささやき、体を起こしてアルシアを見つめた。「君のすべてがほしい」彼はうっとりと彼女の髪に両手をくぐらせ、白いシーツの上に炎のように広げた。

そして再び身をかがめ、彼女の額の絆創膏にそれはやさしくキスをした。

ぎゅっとつかまれたように胸が苦しい。「コルト……」

「しいっ。こうして君をただ見ていたい」

コルトは目を彼女に注いだまま、指先を顔に這《は》わせた。親指で下唇をなで、次に顎の輪郭に沿ってすべらせ、脈打っている喉の上に置く。

「日が沈んでいく」彼は静かに言った。「夕日の中の君は、信じられないくらい美しい。いま君の目は黄金色で、その中に少し暗いブランデーのような斑点《はんてん》がきらきらしている。こんな目をした人は見たことがない。君は絵のようだ」彼の指はアルシアの鎖骨をなぞった。「だが、こうして触れることができ、震えを感じ取れる。君が生身の人間だとわかる」

アルシアはコルトを引き寄せようとした。欲望の疼《うず》きを早くなだめてほしい。「言葉なんかどうでもいいわ」

「そんなはずはない」コルトはほほ笑み、彼女の手の中に顔を預けた。「俺はまだ本当にいい言葉を見つけていないかもしれない。だが、君にはほしい言葉があるはずだ」彼は彼女の手首に唇を寄せ、かすかなあざの痕《あと》に気づいた。そして思い出した。眉を寄せて起き上がり、アルシアの両手を取って手首を丁寧に調べる。「これは俺がつけた」

ああ神様、この震えを止めるにはどうしたらいいの？「それはもういいわ。あなたは動揺していたのよ。そんなことより、お願いだから……」

「腹立ちまぎれに君に痛い思いをさせたなんて、気に入らない。またやってしまうかもしれないと思うのもいやだ」コルトはいたわるように両方の手首に口づけし、アルシアの脈が激しく波打つのを感じた。「君は自分がどんなにやさしいか忘れがちだ」彼はローブの袖をすべらせ、肘のほうへ唇を這わせた。「どんなに小さいか、どんなに完璧《かんぺき》か忘れがちだ。だから、俺が教えてやらなくちゃね」

コルトは彼女の頭のうしろに手を入れ、そっと起こして顔を仰向けた。それから再び唇を重ね、深く味わい尽くすようなキスをした。夢のようなキス。アルシアの体から力が抜けていく。コルトは、彼女の殻がもう一枚はがれ落ちたのを感じた。

彼は私に何をしようとしているの？　だけどわかっているのは、何も考えられない、抵抗できないということだけ。欲望にならば対処できる。けれど、彼が注ぎかけてくるのはやさしさだ。甘やかすようなこんなやさしさを含む情熱から、どう身を守っていいかわからない。

そんな手管はいらない、とアルシアは言いたかった。けれど、慰めるようなキスとゆっくりとした愛撫《あいぶ》に身を任せるのは、すばらしかった。

横たわったアルシアの瞳に、太陽の最後の光が斜めに差した。コルトは彼女の喉に唇をすべらせた。アルシアはローブが肩からすべり落ちるかすかな衣《きぬ》ずれの音を聞いた。あらわになった肩をキスが這い、舌が濡らしていく。

アルシアが完全に心の鎧《よろい》を脱ぎ捨てるのがわかった。その手がやさしい愛撫を始めたとき、ついにやったとコルトの体は熱く震えた。しかし彼は、はやる気持を抑えながら愛撫を続けた。ローブの上から、そしてローブの内側へ、彼女の体が熱い蝋《ろう》のように溶け出すまで。

そうしながら彼はアルシアの顔を見つめていた。そこをよぎる表情の一つ一つが、小さなあえぎや吐息の一つ一つが、彼の心をかき立てる。彼女が陶酔したのを見届けてから、そっとローブを脱がせた。

すると、アルシアが急に目を開いた。その目は黒みを帯びてとろりとしていた。すっかり身を任せているが、決して受け身ではない。彼女の手は苦しくなるほどのやさしさで彼の肌を探索し、まさぐり、覆った。

そして彼もまた熱く溶けていった。

やわらかくもれるうめき。静かにささやかれる言葉。いつまでも続く愛撫。日が落ちて黄昏《たそがれ》となり、やがて黄昏は夜にのみこまれていった。欲望はあったが、激しく求め合いはしなかった。夢の中のように、いつまでもゆっくりと喜びが持続した。

甘い喜び。この夜を満たしているのは、ひたすら甘い喜びだ。コルトがすべらせる手にアルシアは震え、アルシアの口づけにコルトはわななないた。


アルシアは長い間黙って横たわっていた。めくるめく思いに呆然《ぼうぜん》としながら。コルトは何かを与えてくれた。そして私も惜しみなく与えた。それを取り戻すことはできない。私は恋に落ちてしまった。この先どのように自分を守っていいかわからない。

初めての恋。いまだけの恋。

たぶん、それは去っていく。いま見いだしたものを失うと思っただけで、アルシアの心は恐ろしさに縮んだ。私にはしっかりと見定めた人生がある。いくらそう自分に言い聞かせても、コルトのいなくなった人生がどうなるか考えるのが怖かった。

けれど、どうすることもできない。彼はいずれ去っていくだろう。そして、どんなにつらくても私の人生は続く。

「また考えているんだな」コルトはアルシアの体に腕を回して引き寄せた。「君の脳の中でモーターがぶんぶんうなっているのが聞こえる」彼は深い満足感にひたりながら彼女の髪にキスをし、目を閉じた。「いま頭に浮かんだことを言ってごらん」

「え？　私は何も……」

「だめだめ、分析はしない。これはテストだ。頭に浮かんだことをすぐに言うんだ。さあ」

「あなたがいつ帰るのか考えてたの」アルシアは自分の声がそう言うのを聞いた。「ワイオミングに」

「なるほど」コルトはほほ笑んだ――にんまりと。「そいつはうれしい。君の頭にまっ先に浮かんだのは俺のことだったんだ」

「うぬぼれないで、ナイトシェイド」

「オーケー。いつ帰るか、まだわからない。その前に片づけたいことがいくつかあるから」

「どんなこと？」

「まず、君だ。我々はまだ日取りを決めていない」

「コルト……」

彼は再びにんまりした。独り合点のぬか喜びかもしれないが、アルシアの声は迷惑がるというより、かっかと怒っているように聞こえる。「俺はいまでも大晦日《おおみそか》がいいと思ってる。センチメンタルかもしれないけどね。まあ、まだ話し合う時間は充分にある。もう一つは、ここに来た目的をまだ果たしていないってことなんだ」

アルシアは頭を起こした。「どういう意味？ リズを見つけて助け出したじゃないの」

「まだすんでいない」暗い中でコルトの目が光った。「我々はまだ一味のボスをとらえていない。やつをとらえなければ終わったことにならない」

「それは警察がやるわ。個人的な復讐《ふくしゅう》は許されないわよ」

「復讐なんて言ってない」だが、コルトの頭にあるのはそれだった。「俺はちゃんと片をつけたいんだ、アルシア。君と一緒にやりたい」

「ノーと言ったら？」

コルトは彼女の髪に指を絡ませた。「なんとしても君の気を変えさせる。気づいていないかもしれないが、俺は頑固なんだ」

「気づいているわよ」アルシアは怒ったように言ったが、心のどこかで、彼とまだ一緒に仕事ができるのを喜んでいた。「そうね、あと二、三日なら……」

「それでいい」コルトは彼女の腰に手をすべらせた。「〝二、三日〟には、夜の部も含まれるのかな？」

「たぶん」アルシアはちょっとずるそうに微笑した。「あなたにそれだけの価値があればね」

「ああ、必ずある」コルトは頭をかがめて唇を寄せながら言った。「約束するよ」

11

喉を切り裂くような悲鳴をあげてアルシアはのたうち回った。体に絡みつく腕とやみくもに戦い、ぜいぜいあえぎ、また悲鳴をあげた。あの男の手が体をまさぐっている。いやらしく熱い手、痛めつけたがっている手が。やめて……神様、お願い、もうこんなこと……。

「アルシア」コルトは彼女を強く揺さぶった。落ち着いた声を出そうとするものの、彼の心臓はハンマーで叩《たた》きつけるように轟《とどろ》いていた。「目を覚ませ。君は夢を見ているんだ。夢から抜け出すんだ」

アルシアは伸びてくる男の手と戦い、あがきながら、出口を探して夢のどろどろしたぬかるみを這《は》いずり進んだ。暗黒の悪夢の向こうに現実の光がぼんやりと差している。彼女は最後の力を振り絞ってその光をつかんだ。それはコルトだった。

「もう大丈夫だ……」だがコルト自身、悲鳴に叩き起こされたショックにまだ動転していた。彼は冷たい汗にまみれているアルシアの体をしっかり腕に包んで暖め、やさしく揺すった。「もう心配ない。しっかり俺《おれ》につかまるんだ」

「ああ、神様……」アルシアはすすり泣きながら彼の肩に顔を埋《うず》めた。「ああ、いや……」

「もう怖がらなくていい」コルトはなおも必死でかじりついてくる彼女の背中をやさしくなでながら、心配でたまらなくなった。「俺がここにいる。君は夢を見ていただけだ。ただの夢なんだよ」

アルシアはやっと夢から抜け出した。だが恐怖はまだ追いかけてくる。のしかかってくる恐ろしさにプライドを押しつぶされ、彼女はがたがた震えてコルトにすがりついた。彼のたくましさに頼り、彼の力をもらおうとした。

「じきに……じきに落ち着くわ」アルシアは自分に言い聞かせた。すぐに震えは止まる。すぐに涙も乾く。恐怖は引いていく。「ごめんなさい……」

「さあ、ゆっくり息を吸って」コルトは小鳥のように震えている彼女に言った。「明かりをつけようか？」

「いいえ」アルシアは声の震えを止めようと、きつく口を結んだ。明るくするのはいやだった。落ち着きを取り戻すまで彼に見られたくない。「明かりより、水をもらえる？」

「いいとも」コルトは彼女の顔から髪をかき上げた。その髪は涙でぐっしょり濡《ぬ》れている。

一人になるとアルシアは膝を抱え、冷静にと自分に命じた。膝に頭をのせ、グラスに水をくむ音に耳を澄ませる。バスルームのドアの隙間《すきま》からもれる光を見つめ、静かにゆっくりと息をした。

「ごめんなさい」アルシアは水を持ってきてくれたコルトに言った。「あなたの睡眠を妨害してしまったみたいね」

「そのようだ」彼女の声はさっきよりしっかりしていた。だが手はまだ震えている。コルトはグラスに手を添えて彼女の口に持っていった。「きっとひどい夢だったんだね」

水が、渇いた喉を潤してくれた。「ありがとう」アルシアはグラスを彼の手のほうへ押し戻した。自分で持てないのが恥ずかしかった。

コルトはグラスをナイトテーブルに置き、ベッドの端に腰を下ろした。「話してごらん」

アルシアは肩をすくめた。「昼の出来事とピザのせいよ」

コルトは彼女の顔を両手で包んだ。しっかりと、しかもとてもやさしく。バスルームの電気を消さずにおいたので、もれる明かりが部屋をほのかに照らし、彼女がひどく青ざめているのがわかった。

「そうじゃない。ごまかしてもだめだ、シア。俺はごまかされない。すごい悲鳴だった」彼女は顔をそむけようとしたが、コルトはそうさせなかった。「まだ震えているじゃないか。君もそうとうな意地っぱりだが、俺だって負けずにしぶとい。それに、いまは俺のほうに分がありそうだ」

「ただの悪夢よ」アルシアは彼の手を払おうとした。が、力がなかった。「誰だってたまには悪い夢を見るでしょう」

「君は始終見るんだろう?」アルシアは力なく手を髪にくぐらせた。「もう何年も見なかったのに、どうしてかしら」

コルトには理由がわかっていた。彼女にもわかっているはずだ。「体が冷たくなってる。シャツでもナイトガウンでも、何か着たほうがいい」

「そうね」

「どこにあるか教えてくれ」

彼女が腹立たしげなため息をつくのを聞き、コルトは少し安心した。

「あのドレッサーの一番上の左の引き出し」

コルトは立ち上がり、引き出しを開けて最初に手に触れたものをつかんだ。着せようとして見ると、大きい男物のアンダーシャツだった。

「君はすてきなランジェリーを持ってるんだな、警部補」

「いろいろ役に立つのよ」

彼はシャツを彼女の頭からかぶせて着せ、横たえて背中に枕《まくら》をあてがってやった。病気になった子を心配してあわてふためいている母親のようだ。

アルシアは彼をにらんだ。「私、甘やかされるのは嫌いなのよ」

「じゃあ、これから慣れてもらう」

コルトは彼女をできるだけやさしく包み、それからジーンズをはいた。次は話だ。たとえ彼女がいやがっても。コルトはベッドに腰を下ろしてアルシアの手を取り、彼女が目を合わせるのを待った。

「さっきの悪夢だが、レイプされたときのことが夢によみがえったんじゃないのか？」握っている彼女の手がこわばる。「昨日も言ったが、君がリズに話しているのを聞いてしまった」

リラックスするのよ、とアルシアは自分の手に命じたが、十指はかじかんだように冷たくこわばっている。「昔の話。もうへっちゃら。へっちゃらよ」

「あんな悲鳴をあげて飛び起きたんだ、へっちゃらなはずがない。忌まわしい記憶が全部戻ってきたんだろう？」コルトは静かに続けた。「君はリズに話をさせて気持を楽にしてやったね」

「ええ。それが？」

「俺を信じてくれ、アルシア。君の力になりたい」

気づくと、アルシアは「つらいわ」と言っていた。そして固く目をつぶった。いままで誰にも打ち明けたことはない。「いつもじゃないわ。始終でもない。たまにこそこそと頭をもたげて、私を切り刻むの」

コルトはアルシアの手を唇に持っていった。彼女が手を引っこめなかったので、彼はそのまま唇を当てていた。「知りたいんだ。話してくれないか」

どこから始めていいかわからなかった。最初から話すのが無難に思える。アルシアは頭を枕に預け、目を閉じた。「父は酒飲みだった。飲めば必ずへべれけになるまで酔っ払い、酔っ払うとたちが悪かった。大きな手をしてたわ」アルシアは自分の手をこぶしにし、またゆっくりと開いた。「その手で母と私を殴った。私の頭にある一番古い記憶はその手。怒っている手。何に腹を立てているのかわからなかったし、抵抗もできなかった。父のことはあまり覚えていないわ。ある晩もっとたちの悪い酔っ払いに絡まれ、殺されたの。私が六つのときよ」彼女は目を開けた。目をつぶっているのは隠れているのと同じだと気づいたからだ。「父が死ぬと、今度は母がそっくり跡を継いで酒に溺《おぼ》れるようになったわ。母にぶたれても父ほど痛くはなかったけど、母は始終手を上げた」

コルトは不思議で仕方がなかった。そんな両親からどうしてこんなに美しい、心根のやさしい女性が生まれたのだろう。「身寄りはなかったのか?」

「祖父母がいたわ、母方の。でもどこにいるのか知らなかった。一度も会ったことがなかったし。母が父と駈《か》け落ちして以来、縁が切れてたの」

「しかし孫がいるのは知っていただろう?」

「もし知っていたとしても、愛情のかけらもなかったってことでしょうね」

コルトは黙っていた。そんなことがあるのだろうか。血のつながった人間に一片の愛情も感じないなんて。彼には理解できなかった。「そう。で、君はどうしたんだ?」

「子供には何もできないわ」アルシアはにべもなく言った。「大人に何をされても、どうすることもできない。そしてこの世には血も涙もない大人がたくさんいる。それが現実よ」彼女は少し間をおいて話の糸口を探った。「八歳くらいのとき、母がどこかに行ってしまった。それまでもよく出かけていたけど、そのときは帰ってこなかった。三日して隣の人が福祉サービスを呼んだの。担当者が私を連れに来て、あとは手順どおり」彼女はグラスの水に手を伸ばした。その手はもう震えていなかった。「その先は、話せば長い、でもよく転がっている話」

「聞きたいな」

「里親に預けられたわ」アルシアは一口水を飲んだ。そのときどれほどおびえていたか、どれほど心細かったか、話したところで仕方がない。事実だけで充分だ。「そこはきちんとした家だったわ。いい人たちだった。でもしばらくしてお役所は母を探し出して軽い罰を与え、行いを正すようにお説教し、私を母のもとに連れ戻した」

「どうしてそんなことを?」

「それが当時のやり方よ。子供は母親と暮らすのが一番いいという考え方だった。母はまたすぐに飲みはじめて、また同じ繰り返し。私は何度も家を飛び出し、何度も連れ戻された。いろんな里親に預けられたわ。一箇所に長く置いておかない方針なの、特に反抗的で手に負えない子供はね。そのころには私はかなりのワルになっていた」

「驚いたな」

「福祉システムの中をたらい回しにされたわ。ソーシャル・ワーカー、裁判所への呼び出し、スクール・カウンセラー。どこでも私は持て余されていた。母は別の男とくっついて、最後には本当に姿をくらましてしまった。メキシコにでも行ったんでしょう。それきり会っていないわ。それが十二か十三のとき。私は自分がどうしたいのか、どうなりたいのかわからなくて、そんな自分がいやでたまらず荒れていた。隙さえあれば逃げ出した。大人たちは私に不良というレッテルを貼《は》って女子少年院に入れたわ。教護院よりも程度の悪いところ」彼女は唇をゆがめ、乾いた微笑を浮かべた。「さすがの私も震え上がった。刑務所にぶちこまれたほうがましよ。で、心を入れ替え、極力お行儀よく振る舞ったわ。その甲斐《かい》あって、しばらくするとまた里親の保護のもとに置かれることになったの」アルシアは水を飲み干し、グラスを脇《わき》に置いた。また手が震え出すのがわかった。「今度問題を起こしたら女子少年院に連れ戻され、十八歳になるまで出られない。それが怖かった。だから私は本気でいい子になろうとしていた。養父母はいい人たちだったわ。お人よしなところがあったにしろ、善意の人間だった。社会の病をなんとかしなければと思っていた。養母はＰＴＡの会長で、夫婦そろって原子力発電所建設反対の集会に行ったり、ベトナム孤児を養子にする話をしたりもしていたわ。ときどき彼らの背中に向かってこっそり生意気な苦笑いを向けることはあったけれど、私は養父母が大好きだった。彼らも親切にしてくれたわ」彼女は言葉をとぎれさせた。コルトは黙ったまま話の続きを待った。「私を自由にさせてくれたし、公平な態度で接してくれた。でも、一つよくないことがあった。彼らには息子が一人いたの。自慢の息子だった。十七歳で、フットボールチームのキャプテンで、学校の人気者で、でも実はスパイ従業員」

「スパイ従業員？」

「もののたとえよ。わかるでしょう？　外側はお行儀がよくて、感じがよくて、おしゃべり上手で、魅力たっぷりでいいところだらけ。ところが一皮むけば中は腐ってる。人はぴかぴかの見かけにだまされて、彼の汚い本性が見えない」思い出したことで、アルシアの瞳に怒りが燃えた。「でも私には見えた。両親の目が届かないところで彼が私を見る目つきにぞっとしたわ」胸が苦しくなってきたが、まだ声は震えていない。「私をステーキ肉か何かみたいに見てた。そのうちに焼いて食ってやるって目。彼の両親にはそれが見えなかった。彼らの目に映っていたのは、心配一つかけたことのない非の打ちどころのない息子よ。そしてある夜、両親が出かけている間に、彼がデートから帰ってきたの。ああ……」

両手で顔を覆ったアルシアをコルトはしっかりと抱き寄せた。「もういい、シア。それ以上言わなくていい」

アルシアは激しく頭を振り、コルトを押しのけた。ここまで話したからには最後まで話すつもりだった。「彼は腹を立てていたの。きっとガールフレンドが彼の数々の魅力にも屈しなかったんでしょう。彼は私の部屋に入ってきた。出ていってと言うと、へらへら笑って〝ここは僕の家だ〟と言ったわ。お前は僕の両親のお情けでここに置いてもらっているだけじゃないかって。彼は正しかった」

「いや、正しくない」

「その点については正しかったわ、ほかの点では正しくなくても。彼はズボンのファスナーを下ろした。ドアに向かって逃げる私をつかまえてベッドに投げ飛ばした。一瞬目の前が暗くなったのを覚えているわ。お前みたいな女はいつでもやりたくてうずうずしているんだ。これから楽しませてやるからありがたく思え。そう言いながらベッドに上がってきた。私は彼をぶった。罵《ののし》った。彼は私を手の甲で殴ってのしかかってきたわ。私は悲鳴をあげた。大声で叫び続けた――レイプされている間ずっと。でも終わったときには、もう叫ばずにただ泣いていた。彼はベッドを下りてファスナーを上げながら警告したわ。お前がこのことを誰かに告げ口しても、僕は否定する。みんなはどっちを信じると思う？　お僕の言うことか、それともお前の言うことか？　僕はちゃんとした家の子だ。だからお前に勝ち目はない。それに僕はいつだって、日ごろの行いを証言してくれる人間を五人集められる。つまらないことを言えば、お前は少年院に送り返されるだけだ、と」アルシアは続けた。「だから私は黙っていた。どう言っていいかわからなかったし、打ち明けられる人もいなかった。その後も二度レイプされ、ようやく意を決して逃げ出したわ。結局つかまったけど。でも、つかまってほっとしたのかもしれない。それから十八歳まで女子少年院にいたわ。そこを出たとき、私は固く心に誓ったの。二度と再び、物のように扱われてなるものか、くずみたいに扱われてなるものかって」

コルトはどうしてよいかわからず、おずおずと手を伸ばし、涙に濡れた彼女の頬に触れた。「そして君は、自分の人生をまっとうなものにした」

「私は自分の人生を自分の手に取り戻しただけ」アルシアは一つ息をし、頬の涙をきっぱりと拭《ぬぐ》った。「私、長々とこんな話をするのはいやだった」

「だが、胸につかえていた」

「そうね」アルシアは認めた。「過去を無理に遠くへ追い払おうとすると、逆にそばに寄ってきて水面に顔を出す。そのことも学んだわ。過去も自分の一部なのだと素直に認めると、それは暴れなくなる。私は男性すべてを憎むなんてことはなかったし、自分自身をも嫌悪していない。でもあの経験があったせいで、被害者の気持はよく理解できるの」

コルトはアルシアを抱き寄せたかった。だが、彼女は触れられるのがいやかもしれない。

「君のその傷を消したい。俺にできるものなら」

「古い傷よ。ときどき何かの拍子に疼《うず》くだけ」コルトがひるんでいるのを感じ、アルシアの胸はいっそう疼いた。「私はこの話をする前の私と何も変わっていないわ。いやなのは、こういう話を聞いたあとで人々が変わること」

「俺はどこも変わっていない」コルトは彼女のほうに伸ばしかけた手を引っこめた。「シア、君になんと言ったらいいのかわからない。何をしてあげたらいいのかわからない」彼は立ち上がり、ベッドから離れた。「そうだ、お茶ならいれられる」

アルシアは笑いそうになった。「ナイトシェイドの万能薬？　いいえ、結構よ」

「だったら、どうしてほしい？　言ってくれ」

「あなたはどうしたいの？」

「俺は……」彼は大股で窓辺に行き、背中を向けた。「君が十三歳のときの時間に戻って、その野郎を叩きのめしたい。そいつが君を痛めつけた百倍、痛めつけてやりたい。もっとさかのぼって、君のおやじの脚をへし折り、ついでにおふくろの尻を蹴飛《けと》ばしたい」

「無理な話ね」アルシアはそっけなく言った。「ほかにはないの？」

「俺は君を抱き締めたい」コルトは叫ぶように言い、こぶしにした両手をポケットに突っこんだ。「だが、君に手を触れるのが怖いんだ！」

「私はあなたのお茶も、あなたの哀れみもほしくない。私にくれるものがそれしかないなら、もう帰ったほうがいいわ」

「君はそうしてほしいのか？」

「私はいまあるがままの自分を受け入れてほしいだけ。私が虐待やレイプをくぐり抜けてきたからって、重病人扱いしてぴりぴりすることないわ」

コルトは駆け寄りそうになる自分を押しとどめた。俺は彼女の気持より、自分の怒りや無力感ややりきれなさでいっぱいになっている。そのことに気づいた彼はゆっくりとベッドに戻り、縁に腰を下ろした。アルシアの目はまだ濡れていた。薄暗い中でも光っているのが見える。コルトは彼女に腕を回し、やさしく抱き寄せた。

「俺は行かない。どこへも」彼はささやいた。「わかったかい？」

アルシアは吐息をもらし、彼の胸に顔を埋めた。「わかったわ」


アルシアは目を覚ました。鈍い頭痛がする。コルトが隣にいないことにすぐ気づいて彼女はもの憂げに寝返りを打ち、腫《は》れた目をこすった。

何を期待していたの？　あんな話を聞かされたあとでは、どんな男だって居心地が悪くなるのは当たり前。それにしても、なぜ身の上話なんてしてしまったのだろう。彼のどこを信じたの？　いままで誰にも話したことがなかったのに。一番親しい友達のボイドさえ、里親のところを転々としたことしか知らない。それ以外の事実は、昨夜までずっと隠していた。

長い間見なかった悪夢が戻ってきたのは、リズのことがあったからだろう。冷静に自分を制して心の秘密を守るべきだったのに、ただもう取り乱してしまった。仕方ない。アルシアはため息をつき、起き上がって膝に額を押し当てた。

私はコルトに恋をしている。あきれてしまうが事実は事実だ。そして、やっぱり思っていたとおりだった。恋は人間を愚かにする。傷つきやすくする。悲しくさせる。

恋にもつける薬があっていいはず。血清注射でもいい。蛇に噛《か》まれたときには毒消しがあるのに。

足音がしたのではっと顔を上げた。トレーを手にしたコルトが戸口に立っているのを見て、アルシアはあっけにとられ、目を丸くした。

俺が逃げ出したと思ったんだな。コルトは苦々しかった。たとえ彼女が追い払おうとしても、俺はどこまでもくっついていくつもりだ。それをわからせてやらなくちゃならない。

「おはよう、警部補。今日の計画でも立てていたのかな」

「そのとおり」アルシアは用心深く感情をしまいこみ、コルトがベッドに来てトレーを足のところに置くのを見ていた。そしてフレンチトーストの皿を指さしてきいた。「これはなんの儀式？」

「朝食をおごる約束だったろう。忘れたのか？」

「そうだったわね」アルシアは皿とコルトの顔を見比べた。恋のせいでやっぱり頭が鈍くなっている。傷つきやすくなっている。でも、もう悲しくはなかった。「あなたはキッチンのエキスパートね」

「人間、誰しも得意分野がある」コルトはベッドに腰を下ろして脚を組み、皿に手を伸ばした。「我々が結婚したあかつきには……」彼はトーストにかぶりついた。「食事は俺、洗濯は君の担当ってのはどうだ?」

アルシアはパニックの兆しを抑えこみ、まずは一口味見した。「あなた、妄想に取りつかれているみたい。どこかで診てもらったほうがいいわよ、ナイトシェイド」

「おふくろは君に会いたくてうずうずしてる」

アルシアがフォークをがちゃんと取り落とすと、コルトはにやにやした。

「おやじも君によろしくってさ」

「あなた……」アルシアは言葉を失った。

「二人ともリズを知っているんだ。安心させようと電話をした。君のことも話した」コルトはほほ笑み、アルシアの肩にかかる髪をなでた。男物のアンダーシャツなんかを着てこんなにセクシーに見える女がほかにいるだろうか。「おふくろが〝結婚式は春じゃなくちゃ〟だってさ。ジューンブライドだとかなんとかごちゃごちゃ。だが、俺は言った。とてもそんなに長く待てないって」

「あなた頭がどうかしてるわ」

「かもしれない」コルトは真面目《まじめ》な顔になった。「だが、俺はこうやって君の日常の中にいる。とてもしっくりして居心地がいい。出ていくつもりはないんだ」

確かに。けれど、だからといって結論が変わるわけではなかった。教会の通路をしずしず歩いて、誓いの言葉を述べるつもりはない。それは別の話だ。

「いいこと、コルト」アルシアは理性的になろうとした。「あなたにはとても好意を持っているけれど、でも……」

「なんだって？」コルトの唇の端が持ち上がった。「俺に何を持ってるって？」

「好意」アルシアはぶっきらぼうに言った。コルトの目に笑いが光っているのを見て腹が立った。

「婉曲法《えんきょくほう》か」彼は機嫌よく彼女の手を叩いた。「ちょっとがっかりしたな。君はずばりものを言う人だと思ってた」

理性なんて、もういいわ。「黙りなさい。私は朝食を食べたいの」

コルトはその願いを聞き入れた。考える時間がほしかったし、彼女を観察したかった。まだ少し青ざめている。昨夜の涙のせいでまぶたが腫れていた。だが、実にしゃんとしている。彼女のいつもながらの強さに感心した。アルシアは同情を求めていない。彼女が求めているのは理解だ。俺はその両方を捧《ささ》げる。彼女は心を開いてそれを受け入れることを学びさえすればいいんだ。

昨夜彼女は俺の慰めを受け入れた。気づいていないかもしれないが、彼女はすでに俺を信頼している。俺は決して彼女の気持を裏切らない。

「コーヒーの味はどう？」

「おいしいわ」コルトが作ってくれた朝食のおかげで頭痛はもう消えていた。そのせいでアルシアの気持はやわらいできた。「ありがとう」

「どういたしまして」コルトは身を乗り出し、軽く唇を合わせた。「もしかして君は、朝食後に一試合する気はないだろうな」

アルシアはにっこりほほ笑んだ。まったく屈託なく。「せっかくのご招待だけど、またの日にしていただきたいわ」そう言いながら彼女は片手を彼の胸に置き、キスを返していた。メダルが指に触れる。「どうしてこれをつけているの？」

「祖母がくれたんだ。彼女は俺にこう言った。〝どこにも腰を落ち着ける気にならないのなら、自分に合った人を見つけなさい。それで解決よ〟って」コルトはトレーを床に置き、アルシアを抱き上げた。

「ナイトシェイド、言ったでしょ――」

「ああ。だが、いいアイデアがあるんだ。シャワーを浴びながらなら、スケジュールを遅らせないですむ」

アルシアは笑い、コルトの肩をそっと噛んだ。「私は時間にうるさいわよ」

二十四時間におさまりきれないほど、することがたくさんあった。書類の山が待っていた。ダナーとクラインから話を聞く前に、ボイドと話して昨日の尋問がどうだったか聞いておかなければならない。もう一度リズと話をする必要もある。それは仕事でもあるし、個人的な理由もあった。アルシアはデスクに向かって、てきぱきと書類の山を低くしていった。

「失礼、警部補」シーラが開いているドアをノックした。「ちょっといいかしら？」

「上司の奥さんなら仕方ないわね」アルシアはほほ笑んだ。「一分半ならいいわよ。署に何か用だったの？」

「ボイドから聞いたわ」シーラはアルシアの顔をのぞきこみ、ぴんときた。化粧で上手にごまかしているが、まぶたが腫れている。昨夜泣いたにちがいない。「大丈夫？」

「ええ。ただ、わざわざキャンプに出かけようなんて人間は、即刻精神分析を受けるべきという感想だけれど。でも一つの経験にはなったわ」

「子供を三人連れていってごらんなさい」

「いいえ、結構」アルシアはきっぱり言った。

シーラは笑いながらデスクの端に腰かけた。「あなたとコルトが女の子を助け出したって聞いてほっとしたわ。彼女の様子は？」

「しばらくはショック状態が続くでしょうね。でもきっと立ち直るわ」

「あんな連中は……」シーラはそこまでしか言わなかったが、目は怒りに燃えていた。

「事件のことで来たんじゃないの。七面鳥の話」

「え？」

「感謝祭のことよ。そんな目をしないで」シーラは顎を上げ、対戦姿勢をとった。「あなたは毎年なんだかんだと理由をこしらえて、感謝祭のディナーに来ないわね。でも今年はもう耳を貸さないわよ」

「シーラ、声をかけてもらえるだけで私はとても感謝しているのよ」

「まったく水くさいわね。あなたは家族よ。来てほしいの」それでもかぶりを振るアルシアに、シーラは攻勢をかけた。「デボラとゲイジも来ることになってるのよ。あなた、二人ともうずいぶん会っていないでしょう？」

アルシアはシーラの妹デボラとその夫を思い浮かべた。デボラには会いたい。彼女がデンバーの大学にいたときには親しくしていた。だがゲイジのことを考えると口元がこわばった。デボラの夫が気に入らないわけではないし、彼が妻を熱愛しているのは目が見えない人でもわかるだろう。けれど、彼の何かが気になる。何かわからないが引っかかるのだ。悪いことや危惧《きぐ》ではないが、でも何かが……。

「あなたの心はどこで道草を食ってるの？」

シーラの言葉でアルシアははっと我に返り、デスクの上の書類を片づけた。「ごめんなさい。デボラたちにはとても会いたいけれど、でも……」

「アドリアナも一緒よ」シーラは秘密兵器を取り出した。アドリアナはデボラの赤ん坊で、アルシアはまだ写真とビデオでしか見たことがない。「あなたは赤ちゃんが大好きよね」

「そんなに大きな声で言わないで。怖いおまわりさんって評判を落としたくないわ」アルシアはため息をついて椅子の背にもたれた。「そりゃみんなに会いたいわ。ねえ、デボラたちは週末からこっちにいるんでしょう？　土曜日に会いに行くわ」

「いいえ、感謝祭のディナー。今年こそあなたは絶対に来るの。なんならボイドに職務命令を出してもらうわよ。これは家族の集い。家族が全部そろわなくちゃね」

「シーラ……」

「だったら」シーラは立ち上がって腕を組んだ。「あなたのボスに話をつけてくるわ」

「君はついてるな」ボイドが入ってきた。「ボスは折よく手が空いている。それに、君にプレゼントまで持ってきた」彼は脇に退いた。

「ナタリー！」シーラは歓声をあげて夫の妹に飛びつき、抱き締めた。「あなたはニューヨークにいるはずじゃなかった？」

「ええ」深緑色の目に笑いをきらめかせながら、ナタリーは兄の妻にキスを返した。「二、三日こっちに用があって。で、旅の第一歩をここにしることにしたのよ。元気そうで何より」

「あなたはいつもながら目がさめるよう」まったくそのとおりだった。すらりとしなやかな長身、艶《つや》やかなブロンドの髪に、きちんとした仕立てのシックなスーツ。思わず振り向いてしまうような美人だ。「子供たちが大喜びするわ」

「ちびちゃんたちに会うのが楽しみだわ」ナタリーは顔を振り向け、両手を差し伸べた。

「シア！　いっぺんに三人と会えるなんて、本当にラッキー」

「会えてうれしいわ」手を握り合ったまま、アルシアはナタリーに頬を寄せた。ボイドとパートナーを組んでいたころ、彼の妹とも友情を結んでいた。「ご両親はお元気？」

「ええ、とても。みんなによろしくって、ことづかってきたわ」昔よくそうしたように、ナタリーはアルシアのオフィスを見回した。「シア、せめて窓のある部屋をもらえないの？」

「私はここが気に入ってるわ。気が散らなくていいのよ」

「局に着いたらすぐマリアに電話しなくちゃ」シーラが言った。「彼女、今夜は腕によりをかけてごちそうを作ってくれるわよ。あなたも来てね、シア」

「ええ、喜んで」

「これはなんの騒ぎだ？」すでにぎゅうぎゅう詰めの部屋にコルトが入ってきた。「会議か？　シア、君はもっと大きい部屋を――」彼ははたと口をつぐんで目を大きくした。

「ナタリー?」

ナタリーも負けずに目をみはる。「コルト?」

彼の顔に笑いがはじけた。「どけどけ」彼は肘でボイドを押しのけ、ナタリーをつかむようにして抱き締めた。彼女の足が宙に浮いた。「かわいいナタリー。何年ぶりかな?六年?」

「七年」ナタリーは彼の口に盛大にキスをした。「サンフランシスコでばったり会ったきりよ」

「そう、ジャイアンツの試合のときだった。君はあのころよりもっときれいになったな」

「そうでしょう?　ねえ、あとでグラスを傾けながらおしゃべりなんてどう?」

「それが……」コルトはちらとアルシアを見て口ごもった。彼女はデスクの端に腰かけ、適度な好奇心と無礼にならない程度の関心を持ってこの再会場面をながめている。コルトは自分がまだナタリーのウエストに腕を回したままなのに気づき、急いで手を離した。

「実は……」

現在の恋人が顕微鏡でプレパラートをのぞくように見ている前で、こんな場合、昔の女友達になんて言ったらいいのだろう?

ナタリーはコルトとアルシアが交わした視線に気づいた。まず驚き、次にくすくす笑いをごまかすために咳払《せきばら》いをした。おやおや、なんて面白い取り合わせのシチューなの。彼女はつい、鍋《なべ》をかき回したくなった。

「コルトとは古い知り合いなの」ナタリーはアルシアに言った。「ティーンエイジャーのころ、私はコルトにものすごくお熱だったの」彼女はコルトにいたずらっぽい微笑を向けた。「それからずっと私は彼の誘惑の手を待ちわびているのよ」

「あら、ほんと?」アルシアは人差し指で唇をそっと叩いた。「彼がそんなに手が遅いとは思えないけど。もしかしたらちょっと鈍いかも。でも、決してのろまじゃないわ」

「そう、あなたの言うとおりね。それに彼ってキュートじゃない?」彼女はアルシアに向かってウインクした。

「ちょっとあざといけど」アルシアは居心地悪そうなコルトを見て楽しんだ。「ねえ、ナタリー、あとで私とあなたで一杯なんてどう?　おしゃべりの種が山とありそうだわ」

「そうみたいね」

「ここは社交の場じゃないと思うね」コルトは仲間はずれにされるのは気に入らなかった。

「アルシアは忙しそうだ」

「あら、一分や二分の暇はあるわ。ナタリー、どんな用でデンバーに?」

「ビジネスよ。でも楽しみもないことにはね。あと一時間後に緊急会議があるの。不動産のオーナーっていうのはけっこう大変なのよ。管理をしっかりしていないと、大きな頭痛の種になるわ」

「ひょっとしてセカンド・アベニューにもアパートメントを持っていない？」アルシアはきいた。

「いいえ。いい出物でもあって？」ナタリーは目をきらりとさせたが、すぐに笑い出した。「困ったものね。厄介もついてくることを忘れて、つい」

「今度はどんなトラブルなんだ？」いままで黙っていたボイドがきいた。

「管理人が勝手に家賃を上げて、値上げ分を着服したの」ナタリーはきれいな顔に似合わないきつい目をした。「だまされるのは我慢ならないわ」

「プライドか」ボイドは人差し指で妹の鼻をつついた。「君はへまをするのが我慢できない」

「私のへまじゃないわ」ナタリーは顎をそびやかした。「その男の履歴書は一点の非の打ちどころもなかったのよ」彼女はまだにやにやしている兄に向かってしかめっ面をした。「問題は、管理人の自由裁量を認めないわけにはいかないということね。こっちの体は一つですもの。以前、アパートメントの空き部屋で賭博《とばく》場を開いていた管理人がいたわ。彼は架空の人物になりすましてその部屋を借りていたの」彼女の目に笑いが戻った。面白がっているようだ。「その男、身元保証人も架空の人物、信用紹介状もにせ物だったの。賭博の上がりで経費を払っていたから、家賃はきちんきちんと入金されていたわ。誰かの密告で警察の捜査が入って初めてわかったの。その男は前にも二度同じことをしていたのよ」

「なんてこと」アルシアは驚いた。

「でも、こっちに被害はなかったし」ナタリーは続けた。「ちょっと面白い出来事だった
――シア、どうしたの？」

はじかれたようにアルシアが立ち上がる。

「行くぞ」コルトはすでにドアに向かっていた。

アルシアはコートをつかむと、彼のあとを追った。「ボイド、令状を――」

「ニーマンだな。あとは任せろ。応援は？」

「必要なら知らせるわ」

がらんとなった部屋でナタリーは両手を天井に向かって上げ、シーラを見つめた。「いったいどうなっているの？」

「警官なのよ」シーラは肩をすくめた。その一言がすべてを語っていた。

12

「我々としたことが、まったくうかつだった」コルトは道端に停《と》めたジープのドアを叩《たた》きつけるように閉めるなり、猛スピードで走り出した。ワイパーに駐車違反切符をくっつけたまま、気にも留めずに。

「探りに行くだけなのよ」アルシアは彼に釘《くぎ》をさした。「すごすご引き下がる結果になる可能性だって充分ある」

「だが、君はそう思っていない」

アルシアはちょっと目をつぶり、事実と事実をつなぎ合わせた。「つじつまはぴったり合うわ。アパートメントの住人は誰一人ミスター・デイヴィスを見たことがない。ということは、彼はあそこにいなかった――というより初めから存在しなかった」

「で、あのペントハウスに自由に出入りでき、にせの書類を作れた人間は？　そいつはまったく怪しまれずにアパートメント内を歩き回れた。なぜなら、常にそこにいておかしくない人物だからだ」

確かに。「でも、勝手なまねはしないで、ナイトシェイド。私たちはいくつか確認の質問をする。それだけよ」

「小ずるそうなやつだった」コルトはいまいましげに言った。

「俺《おれ》には答えがわかってる」コルトはぴしりと言い返した。「それだけだ」

「私に命令させるようなことはしないでほしいの、コルト」アルシアは静かに彼をなだめた。「私たちは質問をしに行く。揺さぶりをかけたら、ひょっとするとニーマンが口をすべらせるかもしれない。でもいまは、掘る場所が一箇所できたというだけ」

ああ、掘ってやる。掘ってニーマンの墓穴にしてやる。「リードは君に任せるよ」いまのところは、とコルトは胸の中でつぶやいた。赤信号で止まった彼は、じれったそうにハンドルを指で叩いた。「その……説明しておきたい。ナタリーのことだ」

「説明って?」

「つまり、彼女とはなんでもない。いまも昔も」コルトはぶっきらぼうに言った。「わかったか?」

「本当?」あとになれば笑えるだろう、きっと。頭がこんなに別のことでいっぱいではないときなら。とはいえ、隙間《すきま》がないほどいっぱいではなかったので、せっかくのこのチャンスにちょっといじめてやろうとアルシアは決めた。「どうして? ナタリーは美人で、頭がよくて、面白い人なのに。あなたがくらくらしそうなタイプじゃない」

「しなかったとは言わない。まあ……くらっとはきた」コルトは悪態をつき、信号が変わったのでエンジンをかけた。「だが、彼女はボイドの妹だ。そうだろう？　いつの間にか彼女は俺にとっても妹のような存在になってしまった。だから……そういう目で見られなくなったのさ」

アルシアはまじまじと彼を見た。「どうして弁解するの？」

「弁解じゃない」コルトの声が尖《とが》った。自分が弁解していることに気づいたからだ。「説明しているのさ。だが、どっちだっていい。好きなように考えてくれ」

「じゃあそうするわ。私が思うに、あなたは状況に過剰反応している。よくある、典型的な男の行動様式ね」コルトは骨まで突き刺しそうな目でにらんだが、アルシアは微笑しただけだった。「気にしないわよ。あなたとナタリーがかつて特別な関係だったからって、気にしない。過去は過去。私は誰よりそのことを知ってるわ」

「そうだね」コルトは腕を伸ばして彼女の手を握った。「だが、彼女とは本当になんでもなかった」

「でも残念だったわね。すごくすてきな人なのに」

「君もすごくすてきだ」

アルシアは彼を見てほほ笑んだ。「そうよ」

コルトはジープを道路の端に寄せ、荷物車用のスペースにかまわず停めた。「用意はいいか？」

「私は常に用意ができてるわ」アルシアは車を降りた。「軽い調子でいくつもりよ。ただいくつか質問をする。私たちは何一つ握っているわけじゃないんですからね。勇み足をしてチャンスを取り逃がしたくない。もし、私たちが正しければ――」

「我々は正しい。勘でわかる」

アルシアの勘もそう告げていた。彼女はうなずいた。「私は彼をつかまえたい。リズのために。ワイルド・ビルのために」そして私のために。この忌まわしい事件で再び開いた悪夢の扉を閉ざすために。

二人は並んで歩き、ニーマンのアパートメントに近づいた。アルシアはコルトにもう一度目で釘をさしてからノックした。

「はい……なんでしょう？」

ドアの向こうでニーマンの声がした。

「グレイソン警部補です」アルシアはのぞき穴の前に立った。「デンバー署の。ちょっと時間を割いていただけませんか」

防犯チェーンの幅だけドアが開いた。ニーマンはアルシアとコルトの顔を代わる代わる見た。「いま忙しいんです。あとではだめでしょうかね？」

「ええ。お手間は取らせません、ミスター・ニーマン。二、三確かめたいだけですから」

「そういうことなら」彼は無愛想にチェーンをはずした。「どうぞ」

中に入ると、カーペットの上に段ボール箱がいくつも置いてあった。シュレッダーで切った紙が詰まっているのもある。

「ごらんのとおり取りこみ中でして」

「そのようね。引っ越しですか？」

「あんな――あんなスキャンダルのあとで私がここにいられると思いますか？」ニーマンはいかにもむっとした表情で蝶《ちょう》ネクタイを引っ張った。「警察、マスコミ、入居人からの文句。あれ以後、心が休まることはいっときもありませんよ」

「針のむしろに座っている心地だろうな」コルトは言った。あのネクタイに手をかけたい。いい具合に吊《つ》るし上げてやれるだろう。

「まったくですよ。まあ、かけてください」ニーマンは椅子を示した。「だが、本当に時間がないんです。まだ荷造りがたくさん残ってましてね。業者は信用できません。雑だし、必ず何かしら壊す」

「引っ越しには慣れているんでしょう？」アルシアは腰を下ろし、手帳とペンを取り出した。

「それはね。前にも言いましたように、あちこちで暮らしてきましたから」ニーマンはぎこちない微笑を顔に張りつけた。「一箇所に長くいると飽きるんです。それに、経験のある管理人はどこでも引く手あまたですしね」

「でしょうね。この建物のオーナーは……」アルシアは手帳をめくった。

「ジョンストン・アンド・クロイ株式会社です」

ニーマンの返事にアルシアはうなずいた。「ここのペントハウスで行われていたことを知って、オーナーは非常にショックを受けていますね」

「当然でしょう」ニーマンはズボンの膝をつまんで椅子に座った。「私の監督責任だと言われましたが、まあ、とがめられても仕方ありません」

「入居人と直接面談しなかったからですか？」

「この仕事で肝心なのは、毎月きちんと家賃が入るようにすることと、入居者の交替があまりないようにすることとです。私はうまくやってきましたよ」

「でも、犯罪の場も供給してしまった」

「入居人の品行までは責任は持てませんな」

一歩踏み出すときだ、とアルシアは思った。詰め方は考えてある。「あなたはあの部屋に一度も入ったことがなかったんですね？　何かのチェックに入ったことも？」

「ええ。そんなことをしてミスター・デイヴィスの不興を買う理由は何もありませんからね」

「あなたはミスター・デイヴィスがあの部屋を借りている間に、一度も中に入ったことがなかった？」アルシアは念を押した。

「いまそう言いました」

アルシアは眉をひそめ、手帳のページをめくった。「指紋の件はどう説明します？」

ニーマンの目の奥で何かがひらめいた。だがそれはすぐに消えた。「どういう意味ですか？」

アルシアは用心深くもう一歩進めた。「あなたの指紋があのペントハウスから出たとしたら、それをどう説明するだろうと思ったんです。あなたはあの場所に一度も入ったことがないそうですから」

「よくわかりませんが……」ニーマンは混乱しはじめた。「ああ、そうでした。いま思い出しましたよ。あの事件の二、三日前ですが……ペントハウスの煙探知機が鳴ったんです。ノックをしても返事がありませんでしたから、当然私は合鍵《あいかぎ》を使って調べに入りました」

「火事？」コルトがきいた。

「いいえ。煙探知機の誤作動でした。たいしたことではなかったので、すっかり忘れていました」

「ひょっとして、ほかにも何か忘れている件があるかもしれませんね」アルシアは穏当に言った。「たとえば、山荘のことを話すのを忘れていませんか。ボールダーの西にある。

あなたはあそこの管理もしているんですか？」

「なんの話かさっぱりわからない。私が管理しているのはここだけです」

「ということは、あなたはあそこを休暇で使っただけなんですね。ミスター・ダナーやミスター・クライン、それにミスター・スコットと」

「山荘なんて知りませんよ」ニーマンは頑固に言ったが、上唇の上に汗が浮いていた。

「それに、そんな名前の人たちもね。このぐらいで引き取ってもらえませんか」

「ミスター・スコットは面会できる状態じゃありませんが」アルシアは腰を据えたまま言った。「ダウンタウンまで同行していただいて、クラインとダナーに会ってもらうことはできます。そうすれば、あなたの記憶もよみがえるかもしれませんね」

「あなた方と一緒になど、どこへも行きませんよ」ニーマンは立ち上がった。「私はきかれたことにはちゃんと答えた。こんないやがらせを続けるなら、弁護士を呼びますよ」

「どうぞ」アルシアは電話を指し示した。「署で落ち合うことにしたらどうです？　その間に、あなたには十月二十五日の夜のことを思い出してもらいましょう。アリバイになるかもしれませんせん」

「なんの？」

「殺人です」

「ばかげている」ニーマンは胸のポケットからハンカチを出して顔を拭《ぬぐ》った。「家に押しかけてきて詰問するなんて許されないはずだ」

「詰問などしていませんよ、ミスター・ニーマン。十月二十五日の夜九時から十一時まであなたがどこにいたのか尋ねているだけです。あなたの弁護士には以下のことも言っておいたほうがいいでしょう。行方不明のレイシーという女性の件、また、現在身柄を安全に保護されているエリザベス・クックの誘拐の件で、話をきかれることになるだろうと。リズはとても聡明《そうめい》で観察力の鋭い子ですよ。そうでしょう、ナイトシェイド?」

「そのとおり」アルシアはすごい、とコルトは思った。まったくすごい。当てこすりだけでニーマンをこなごなにしかかっている。「地検はリズの証言とあの似顔絵から主犯を割り出せるはずだ」

「ミスター・ニーマンには似顔絵の話はしていなかったわね」アルシアは手帳をぱちりと閉じた。「それに、ダナーとクラインがゆうべみっちり絞り上げられたことも。スコットはまだ容体が危険だから、確証を得るのは待たなければならないけど」

ニーマンの顔から血の気が引いた。「彼らは嘘《うそ》をついている。私はまっとうな人間だ。あんなけちな役者の言うことなど、いい加減もいいところだ」

「私たちは、クラインとダナーが役者だなんて一言も言いませんでしたよ。そうでしょう、ナイトシェイド?」

「ああ、言ってない。どっちも」コルトはアルシアにキスしたくなった。

「あなたは超能力の持ち主のようね、ニーマン」アルシアは落ち着き払って言った。「署に同行願えませんか？　ほかに知っていることがあるかどうか、思い出してもらいましょう」

「私にも権利がある」罠《わな》を締めつけていくにつれ、ニーマンの目がぎらぎらしはじめた。

「あんたたちと一緒にどこへも行く気はない」

「では無理にでも」アルシアは立ち上がった。「弁護士に電話を、ニーマン。あなたには、署に来て質問に答えてもらいます。さあ」

「女なんかに、ああしろこうしろと命令されてたまるか」

ニーマンがつかみかかる。アルシアはむしろ待っていたかのようにじっと立っていた。コルトが間に入り、片手の一突きでニーマンを椅子に押し戻した。

「警官に対する暴力行為」コルトは言った。「そのかどでこいつを連行できる。その間に家宅捜索令状が取れるだろう」

「そうね」アルシアは手錠を取り出した。

「警部補」コルトは彼女がニーマンにしっかり手錠をかけるのを待って言った。「階上《うえ》では指紋が出なかったんじゃなかったのか？」

「出たなんて言わなかったわよ。私は〝出たとしたら〟と言っただけ」

「どうやら俺は間違っていたな」コルトは言った。「君の流儀が好きだ」

「それはどうも」アルシアは満足げに微笑した。「ところで、このたくさんの段ボール箱からいったい何が出てくるかしらね」

証拠がごっそり出てきた。たくさんのビデオテープ、スナップショット、ニーマンの日記。そこには彼がしたことや物の考え方、女性に対する憎悪がきわめて克明に記されていた。レイシーという名の女が殺された状況、その遺体が山荘の裏に埋められたときの様子も詳細に書かれていた。

その午後には、ニーマンは終身刑が確実な容疑のもとに身柄を送検された。

「案外あっけない結末だったな」コルトはアルシアにくっついて彼女のオフィスに入った。「胸くそが悪すぎて、あの野郎を殺してやる気すら萎《な》えたよ」

「あなたにとっても幸運だったわね」アルシアはデスクに向かい、コンピューターを立ち上げた。「気が休まるかどうかわからないけれど、ニーマンがリズに手を触れなかったというのは本当だと思うわ。性的不能、女性への強い反感、のぞき見嗜好《しこう》。精神医学的な側面からも裏づけられるわ」

「ああ。あいつはただ見ているのが好きだった」怒りがこみ上げ、引いていった。アルシアが言うとおりだ。起こってしまった出来事はどうしたって変えることはできない。

「それに、趣味で財をなすこともね」アルシアはつけ足した。「カメラマンと、売れない役者を二人調達すると、自分と同じ異常嗜好の持ち主たちに受けるビジネスに乗り出した。彼はいい気になり、身の回りをアンティークとシルクの蝶ネクタイで飾ってポルノ・ビジネスの記録を得々としてつけていた」

「アンティークもシルクも独房には持っていけないな」コルトは両手を彼女の肩に置いた。「シア、君はよくやった。本当によくやった」

「いつものことよ」アルシアは肩越しにちらとコルトの顔を見た。さあ、今度は彼のことをなんとかしなくては。「ねえ、ナイトシェイド、私はこの書類の山を早く片づけてしまいたいの。息抜きはそれから。わかった？」

「わかった。今夜フレッチのところでごちそうの集まりがあるそうだが、君も来るんだろう？」

「ええ。彼のところで会うってことにしない？」

「そうしよう」コルトは身をかがめ、アルシアの髪に唇を押し当てた。「シア、君を愛してる」

アルシアはコルトが部屋を出ていき、彼のうしろでドアが閉まるのを待った。それから胸の中でつぶやいた。〝私もあなたを愛しているわ〟

アルシアはリズに会いに行った。少女と家族の励ましになればと思ったのだが、コルトがついさっき帰ったところだという。先を越されてしまったが、彼女はリズが自分と話したがっているのを感じた。

「お礼のしようもありません」マーリーンはリズの肩に腕を回していた。いっときでも娘から離れるのが耐えがたいという様子だ。「どれほど感謝しているか、言葉ではとても表せないくらいです」

「私は——」職務を果たしたまでです。アルシアはそう言いそうになった。事実だが、それだけではない。で、代わりにこう言った。「互いの気持を大事にし合うことが大切でしょうね」

「これからの私たちにはそれが何より大事ですわ」マーリーンはリズと頬を合わせた。

「私たち、明日我が家に帰ります」

「家族でカウンセリングを受けることになっているの」リズが言った。「それに……あたしはレイプ被害者のサポートグループの会にも出るつもり。ちょっと怖いけれど」

「怖いと思うのは悪いことじゃないわ」

リズはうなずき、母親を見上げた。「ママ、グレイソン警部補とちょっとお話ししていい？」

「もちろん」マーリーンはようやく娘から離れた。「じゃ、私はロビーに。アイスクリームを買いに行ったパパが戻ってきたら、運ぶのを手伝うわ」

「ありがとう」リズは母親が部屋を出ていくのを待って言った。「パパは、あたしが経験したことについてまだ話ができないの。とてもとてもつらそう」

「それはあなたを愛しているからよ。パパに時間をあげなくちゃね」

「パパ、泣いてたのよ」そう言うリズの目にも涙があふれた。「パパが泣いたのを見たのは初めて。仕事や何かで忙しくて、あたしのことなどどうでもいいんだって思ってたけど。あたし、ばかだった。家出なんかして」一気に言ってリズは大きく息をついた。「パパもママもあたしのことを全然わかってくれないと思ってたの。いまはよくわかるわ、あたしが二人をどんなに悲しませたか。二度と前と同じにはならない。そうでしょう?」

「そうね、リズ、前と同じにはならない。でも、いたわり合えば、前よりよくなることだってあるわ」

「だといいけれど。まだ心ががらんどうなの。あたしの一部がなくなってしまったみたいな気がする」

「ほかの何かで満たせるわ。今度のことで、人に対して臆病《おくびょう》になってはだめ。荒れてはだめ。むしろあなたは強くなれるのよ、リズ」

「コルトが言ったわ――」リズはすすり上げ、コーヒーテーブルの上のティッシュを取った。「どうしようもない気持になったら、あなたのことを思い出しなさいって」

「私のことを?」

「なぜなら、あなたは恐ろしい目にあったけれど、それを逆に力にして、立派で美しい人になったからって。あなたはただ耐えたのじゃなくて、勝ったから」リズは涙の向こうでほほ笑んだ。「だから、あたしにだってできるって。その話をしたとき、なんだかいつものコルトと違った。彼はきっとあなたのことがとっても好きなんだわ」

「私も彼が好きよ」アルシアは言った。そして気づいた。人を恋しく思う気持は弱さではないと。その人をすばらしいと感じ尊敬できるなら……その人があるがままの自分を受け入れ、愛してくれるなら。

「コルトは最高よ」リズは言った。「彼は絶対にあなたをがっかりさせないわ。どんなときでも」

「私もそう思うわ」

「あの、あたし……カウンセリングはとても大事で、役に立つと思うの。ときどき電話してもいいかしら？　もしかして、すごく落ちこんじゃったときなんか……」

「遠慮はいらないのよ」アルシアはリズのそばに行き、並んで座った。腕を広げ、抱き寄せる。「いつでもかけてきて。落ちこんだときでも、うれしいことがあったときでも。誰でも、わかり合える人が必要だわ」

　十五分後、アルシアはクック家の人たちに別れを告げ、水入らずでアイスクリームを楽しんでもらった。ゆっくり考えよう、と彼女は思った。考えるべきことがたくさんある。

私はずっと前に人生の航路を決めていた。けれどここへきて、突然それがとんでもないほうへそれてしまった。方角の調整が必要だ。

ところが、コルトがロビーで待っていた。

「やあ、警部補」彼はアルシアの頭を傾け、ちょっとキスをした。

「ここで何をしているの？　マーリーンが、あなたはもう帰ったと言ってたわ」

「フランクと一緒だったのさ。彼は心の内を誰かに吐き出さなくちゃいけないから」

アルシアは彼の頬にそっと手を触れた。「あなたはいい友達ね、ナイトシェイド」

「友達ってのは一種類に決まってる。いい友達だ」

アルシアは笑みを浮かべた。

「乗せていこうか？」

「自分の車があるわ」だが外に出ると、アルシアは一人で休憩時間を過ごしたくなくなった。「ちょっとそのあたりを歩くなんてどう？」

「いいとも」コルトは気さくに彼女の肩に腕を回した。「ショッピングを手伝ってくれるとありがたいな。おふくろの誕生日が来週なんだ」

突然、拒絶反応が胸を突き上げた――反射的に。

「知らない人のプレゼントなんて選べないわ」

「じきに知らない人じゃなくなる」コルトはぶらぶらと角を曲がり、ダウンタウンの商店街に向かった。彼は磁器やクリスタルをエレガントに飾ったショーウインドーをのぞきこんだ。「そうだ。君はそういう、型にこだわるようなタイプじゃないと思うが……つまり、結婚のプレゼントだけど」

「早まらないで」

アルシアがさっさと先へ行くので、コルトは大股で追いかけなければならなかった。

「衣装とかは？　いまだって女性はいろいろ、そろえるんだろう？」

「知らないし、興味もないわ」

「ゆうべ君が着て寝た男物のアンダーシャツが、決して気に入らないわけじゃない。だが、もっと……いや、もう少しちっぽけなもののほうがハネムーン向きだと思うんだ。シア、どこへ行くんだ？」

「その話を終わりにするつもりはないの？」

「ない」

腹立たしくため息をつきながらアルシアは隣のウインドーを見た。「すてきなセーターがあるわよ」彼女はマネキンが着ているフードつきの深いブルーのニットを指さした。

「お母さんはたぶんカシミアがお好きなんじゃない？」

コルトはうなずいた。「うん、あれにしよう」

「ほら、それがあなたの問題よ」アルシアはくるりと振り向き、両手を腰に当てた。「あなたは何事につけ、よく考えるということをしない。ちょっと見ただけですぐ突き進む」

「それが正しければ、どうしてよそ見する必要がある？」コルトはほほ笑んでアルシアの髪をつまんだ。「俺は一目でこれだとぴんとくるんだ。さあ」彼は彼女の手を取り、店の中に引っ張っていった。「ウインドーのあのブルーのセーターだけど、サイズはあるかな？」店員をつかまえ、両手で大きさを示す。

「十号ですね」店員は言った。「かしこまりました。少々お待ちください」

「値段をきかなかったわよ」アルシアは指摘した。

「それが正しい選択ならコストは関係ない」コルトは彼女に微笑を向けた。「君はいつも俺を常道に引き戻してくれる。おおいに感謝してるよ。細部に気が回らないたちなんだ」

「それは初耳ね」アルシアは彼のそばを離れ、シルクのブラウスの棚をながめた。

コルトは無頓着《むとんちゃく》。アルシアは念を押すように自分に言い聞かせた。衝動的で猪突猛進《ちょとつもうしん》型。あらゆる点で私とは正反対。私は、何事も順序正しく行われ、きちんと計算されているのが好きだ。そんな二人がうまく噛《か》み合うと思うなんて、どうかしているわ。

でも、うまく噛み合っている。そうなのだ。彼のすべてが手袋のようにぴったり私に合っている。髪はブロンドではないし褐色とも言えないが、どっちつかずでもかまわない。瞳はブルーとグリーンの間の曖昧《あいまい》な色だが、その目に見つめられると心臓が止まりそうになる。彼の向こう見ずなところも好き。彼は信頼できる。当てにできる。

それに、彼は無条件に私を受け入れてくれる。

「どうした？」コルトは宙を見つめているアルシアにきいた。

「別に」

店員が尋ねる。「リボンはピンクがよろしいですか？　それともブルーに？」

「ピンク」コルトは振り返らずに言った。「ウエディングドレスは置いてないかな？」

「はい。フォーマルなものは扱っておりません」店員は勘定高く目を光らせた。「ですが、ウエディングとしても充分お召しいただける、とてもエレガントな茶会服やカクテルスーツならございます」

「ちょっと楽しい雰囲気のものがいいな」コルトの目に笑いが戻った。「大晦日《おおみそか》のお祝い気分に合ったのが」

アルシアは背中をまっすぐにし、かかとでくるりと回ってコルトと顔を合わせた。「いいこと、ナイトシェイド、あなたと大晦日に結婚するつもりはないわよ」

「オーケー、オーケー。じゃあ別の日にしよう」

「感謝祭ね」アルシアはそう言って、彼があんぐり口を開けて店員の手渡した箱を取り落とす光景を楽しくながめた。

「なんだって？」

「感謝祭って言ったの。承知するしないは、あなたの勝手よ」アルシアは髪をうしろに払い、さっさとドアを出た。

「待て！」

あとを追おうとしてコルトはプレゼントの箱を蹴飛《けと》ばしてしまった。店員が走って箱を拾い上げ、差し出した。

「お客様、ドレスは？」

「あとだ」コルトは店を飛び出し、半ブロック走ってアルシアに追いついた。「感謝祭に俺と結婚すると言ったのか？」

「同じことを二度言うのは嫌いなの。もう買い物はすんだんでしょう？　私は仕事に戻らなくちゃ」

「あと一分」コルトはせっかくのリボンがつぶれるのもかまわず、箱を脇《わき》にはさんだ。空いた両手で彼女の肩をつかむ。「どうして気が変わったんだ？」

「こまやかで洗練されたアプローチがきいたんじゃないかしら」アルシアは皮肉っぽく言いながらこの成り行きを楽しんでいた。「その手を離しなさい。手荒いまねを続けると逮捕するわよ」

コルトはかぶりを振った。こんがらかった頭をほぐすように。「俺と結婚してくれるんだな？」

アルシアは眉を上げた。「あなたってまったく非の打ちどころのない人ね」

「感謝祭に。今度の感謝祭に。それは、もうすぐ来る感謝祭のことだな?」

「早くもおじけづいたの?」いきなり唇がふさがれた。くらくらするようなキスだった。喜びにあふれた、心のこもったキス。「公衆の面前で警官にキスをしたときの罰がなんだか知ってるの?」

「どんな罰だって平気さ」

「じゃあ、覚悟して」アルシアは彼の唇を引き戻した。「あなたは終身刑よ、ナイトシェイド」

「喜んで刑を受けよう」コルトはそっと体を離し、彼女の顔を見つめた。「なぜ感謝祭なんだ?」

「一緒に祝う家族がほしいから。毎年シーラがぜひ来てって言うの。でも……私、行けなかった」

「どうして?」

「それは尋問?　それとも婚約の手続き?」

「両方だ。最後にもう一つ。どうして結婚する気になったんだ?」

「あなたがうるさくせがむから。かわいそうになったから。あんまりけしかけるから。それに、あなたを愛しているし、あなたがそばにいることに慣れてしまったみたいだし……」

「待て。もう一度言ってくれ」

「あなたがそばにいることに慣れてしまった――」

コルトはにんまりして彼女の鼻の頭にキスをした。「そこじゃない。その前だ」

「かわいそうだから、ってところ?」

「いや、もうちょっとあとだ」

「ああ、あなたを愛している、ってところ」

「そう、そこだ。もう一度言ってくれ」

「オーケー」アルシアは深く息を吸った。「あなたを愛している。そこだけ言うのって難しいわ」

「じきに慣れるよ」

「そうね、きっと」

コルトは笑い、アルシアをつぶれるほど抱き締めた。「ああ。保証する」

エピローグ

「やっぱりやめたほうがいいみたい」

アルシアはシーラの寝室の全身が映る鏡の前に立ち、突き放した目で自分の姿を見つめた。鏡の中に一人の女がいる。波打つ髪を肩に広げた青ざめた女。レースの縁取りとパールのボタンがアクセントの象牙《ぞうげ》色の細身のスーツを着て、エレガントに見える。

だが、彼女の目は大きく見開かれすぎている。そして、おびえている。

「どうしてもしっくりこない」

「似合ってるわよ。すてきよ。もう、すばらしくきれい」デボラが保証した。「完璧《かんぺき》」

「ドレスのことじゃないの」アルシアはきりきりする胃に手を当てた。「結婚式のこと」

シーラは花嫁のシルクのジャケットの背中の線をぴんと引っ張った。「また不安になったのね」

「ええ、不安よ」アルシアはそわそわと手を耳にやり、しずく形の真珠を確かめた。コルトの母から贈られたものだった――家に伝わるものを一つ。これはコルトの祖母から私に伝えられたものなの、と彼女は言った。それから彼女は少し泣き、アルシアの頬に口づけし、家族として迎え入れてくれた。

家族。アルシアは改めて途方もなく怖くなった。私は家族なんてものを知らないも同然なのに。

「私は出会ってからまだ一月もたたない人に人生をゆだねようとしている」彼女は鏡の中の女につぶやいた。「これは絶対に間違いよ」

「彼を愛しているんでしょう?」デボラが言う。

「それとどういう関係があるの?」

デボラは笑い、そわそわと落ち着かないアルシアの手を握った。

「少なくともすべてによ。私もゲイジと長くつき合ったわけじゃないわ」けれど出会って間もなく、デボラは彼の心の奥の秘密を知った。「でも、私は彼を愛していた。この人だとわかっていた。シア、あなたがコルトを見るときの目が物語っているわ。あなたもわかっているのよ」

「さすが法律家、言いくるめるのがうまいわね」アルシアはシーラに向かってぼやいた。

「すごいでしょ、彼女?」シーラはいかにも自慢げに妹を抱き締めた。「ミシシッピ川の東側では一番腕利きの検察官よ」

「いいことを言ってくれるわね」デボラはにっこり笑みを返した。「さあ、今度は花嫁のつき添いの既婚女性を点検しましょう」彼女は頭を傾けて姉をながめた。「とってもすてきよ、シーラ」

「あなたも」シーラは妹の黒い髪をなでた。「結婚して子供を産んで、ますますいい女になったわね」

「いくらでも褒め合ってて。私は神経がちぎれそう」アルシアはベッドに座り、きつく目をつぶった。「いっそご破算にして逃げ出したい」

「逃げてもコルトはつかまえるわ」

「もっと分別を働かせていさえしたら――」アルシアが言いかけたとき、ドアにノックが響いた。「もしナイトシェイドだったら、私は話をしないわよ」

「もちろん」デボラが言った。「あら、残念」ドアを開けると夫と娘だった。だが、心の中ではチャンス到来と喜びながらゲイジにほほ笑んだ。ちょうどいいところに登場してくれたわ。

「支度中に邪魔して悪いが、階下《した》にはいっときもじっとしていられなくなっている人間がいるんでね」

「大変、子供たちがウエディングケーキに触りでもしたら……」シーラが言った。

「ケーキはボイドが守ってますよ」ゲイジが安心させるように言った。赤ん坊を片腕に抱き、もう一方の腕で妻を抱いた。「でも、コルトが熊《くま》みたいにぐるぐる歩き回ってカーペットをすり切らせてる」

「じゃあ、彼は不安になってるのね」アルシアは腹立たしく言った。「そうでしょうとも。自分で種をまいておきながら！　壁の蠅《はえ》にでもなって、こっそり顔を見てやりたいわ」

ゲイジはにやりとし、妻にウインクした。「それも一案かもしれないね」彼はぐずり出した赤ん坊に頬ずりした。

「私が抱くわ、ゲイジ」デボラはアドリアナを抱き取った。「あなたは階下に行って花婿を落ち着かせてあげて。こっちはじきに準備ができるわ」

「誰がそんなこと言った？」アルシアは握り合わせた手をよじった。

シーラはゲイジを追い出してドアを閉めた。そして、一芝居打とうと決めた。「いくじなしね」彼女はそっと言った。

「あら、それは……」

「びくついて階下にも行けないの？　みんなの前で、愛する人と正々堂々と契りを交わすのがそんなに怖いの？　なんて情けない人！」

デボラは赤ん坊をあやしながら、すかさず自分の役に回った。「シーラ、それはちょっとひどいんじゃない？　もし、シアの気が変わったのなら――」

「変わりゃしないわよ。シアはただぐずぐずしているだけ。コルトは彼女を幸せにするためならなんでもする気なのよ。彼は牧場を売って、こっちに土地を買うつもりよ」

アルシアは立ち上がった。「そんなの困るわ」

「確かにそこまでされるのは気が引けるわね」デボラはアルシアに味方しながら、唇の裏を噛《か》んでにやにやしたくなるのをこらえた。「でも、シーラ、あなたはもうちょっと理解がある人だと思ってたわ。これは大事なこと。きちんと決心すべきよ」

「だったら、いつまでもこんなところにびくびく隠れてないで、きちんと決心すれば？　異教の神の生《い》け贄《にえ》にされかかっている処女じゃあるまいし」

アルシアは顎を突き出した。「私はびくびく隠れてなどいないわよ。デボラ、例のくだらない音楽を始めるように言ってきて。すぐに階下に行くわ」

「本当にいいのね？」デボラはアルシアの腕をそっと叩《たた》き、姉にウインクすると急いで出ていった。

「さあ、行くわよ」アルシアはドアに向かって突進した。「さっさとすませちゃいましょう」

「だったら」シーラはいそいそと彼女を追い越し、階段を下りはじめた。

アルシアは下まであと二、三段のところではたと気づいた。まんまとはめられたわ。シーラとデボラ姉妹は、〝良いおまわりと悪いおまわり〟の役を上手に演じてのけたのだ。

胃が締めつけられる。どこもかしこも花でいっぱいだった。さまざまな色、かぐわしい香り。音楽が流れている。静かな、ロマンティックな曲。コルトの母が見えた。夫の腕にすがりつき、涙ぐみつつも懸命に笑みを浮かべている。ナタリーがほほ笑みながら目を拭《ぬぐ》っていた。アドリアナを抱いているデボラのまつげも濡《ぬ》れている。

ボイドはシーラの手を握って濡れた頬にキスをし、それからアルシアを見て励ますようにウインクした。

アルシアは、もうコルトしか目に入らなかった。

そしてコルトは彼女しか見ていなかった。

アルシアの足は震えた。部屋を横切り、コルトのところへ歩いていく。一本の白い薔薇《ばら》を手に。彼に捧《ささ》げるハートを胸に。

「君に会えてよかったよ、警部補」コルトはアルシアの手を取った。

「あなたに会えてよかったわ、ナイトシェイド」暖炉の火が暖かい。コルトの体が温かい。アルシアはほほ笑んだ。握った手を彼が唇に持っていく。アルシアの手は震えていなかった。

「感謝祭おめでとう」

「同じく、おめでとう」アルシアはコルトの手を唇に持っていった。私は家族がどういうものか知らない。でも、知らないことは学べばいいのだ。二人で学べばいい。「愛しているわ。とても」

「こっちも同じだ。覚悟はいいかい？」

「私はできてるわよ」

暖炉の火がはじけ、二人は顔を見合わせた。そして、これから一緒に築いていく人生に向き合った。

訳者　松村和紀子
青山学院女子短期大学英文科卒。商社勤務を経て、１９８０年より翻訳に携わる。サンドラ・ブラウン『ワイルド・フォレスト』『しあわせの明日』『侵入者』、デビー・マッコーマー『月の光を抱いて』（以上、ＭＩＲＡ文庫）他、訳書多数。

●本書は、1999年10月に小社より刊行された『ナイト・シェイド』を改題して文庫化したものです。

シルクの闇に咲く花
2007年10月15日発行　第1刷

著　　者／ノーラ・ロバーツ
訳　　者／松村和紀子（まつむら　わきこ）
発 行 人／ベリンダ・ホブス
発 行 所／株式会社 ハーレクイン
東京都千代田区内神田 1-14-6
電話／03-3292-8091（営業）
03-3292-8457（読者サービス係）
印刷・製本／凸版印刷株式会社
装 幀 者／野村道子（BEE'S KNEES）

定価はカバーに表示してあります。

造本には十分注意しておりますが、乱丁（ページ順序の間違い）・落丁（本文の一部抜け落ち）がありました場合は、お取り替えいたします。ご面倒ですが、購入された書店名を明記の上、小社読者サービス係宛ご送付ください。送料小社負担にてお取り替えいたします。ただし、古書店で購入されたものについてはお取り替えできません。文章ばかりでなくデザインなども含めた本書のすべてにおいて、一部あるいは全部を無断で複写、複製することを禁じます。

®とTMがついているものはハーレクイン社の登録商標です。

Printed in Japan © Harlequin K.K. 2007
ISBN978-4-596-91253-4

真夜中にささやく唇
ノーラ・ロバーツ
渡辺弥生 訳

人気ラジオDJシーラが受けた1本のリクエスト…。それは彼女の死を望む脅迫電話だった。犯人の狂気から刑事ボイドは彼女を守ることができるのか?

夜は甘き薫りを
ノーラ・ロバーツ
田谷千歳 訳

謎の男ネメシスに命を救われたデボラは、数日後、大富豪ゲイジと出会った。光と闇のように違う二人の男に同時に心惹かれた彼女は…。

冷たい夢
ヘザー・グレアム
風音さやか 訳

一流ダイバーが招集され、二百年前の沈没船捜索が始まった。海中で女性の死体らしきものを発見したジェンは…。新感覚ロマンティック・サスペンス

甘美すぎた誘惑
ビバリー・バートン
仁嶋いずる 訳

富豪の娘ルルが殺された。従姉のアナベルは、第一発見者でルルの恋人だった有名弁護士クインと共に真相を探るが、状況は彼が犯人だと告げていた…。

流れ星に祈って
リンダ・ハワード
岡 聖子 訳

憧れの上司が親友と結婚した。彼らの幸せを喜び、想いを押し殺したサラだったが、事故で親友が亡くなってしまう。遺品を受け取りにいったサラは…。

美しい標的
リンダ・ハワード
岡 聖子 訳

敏腕ビジネスマンのマックスは、ライバル企業の秘書に近づくが、情報を得るどころか心をつかむことすらできなくて…。名作『流れ星に祈って』関連作。